木曽川 哀しみの殺人連鎖

旅行作家・茶屋次郎の事件簿

梓 林太郎

祥伝社文庫

目次

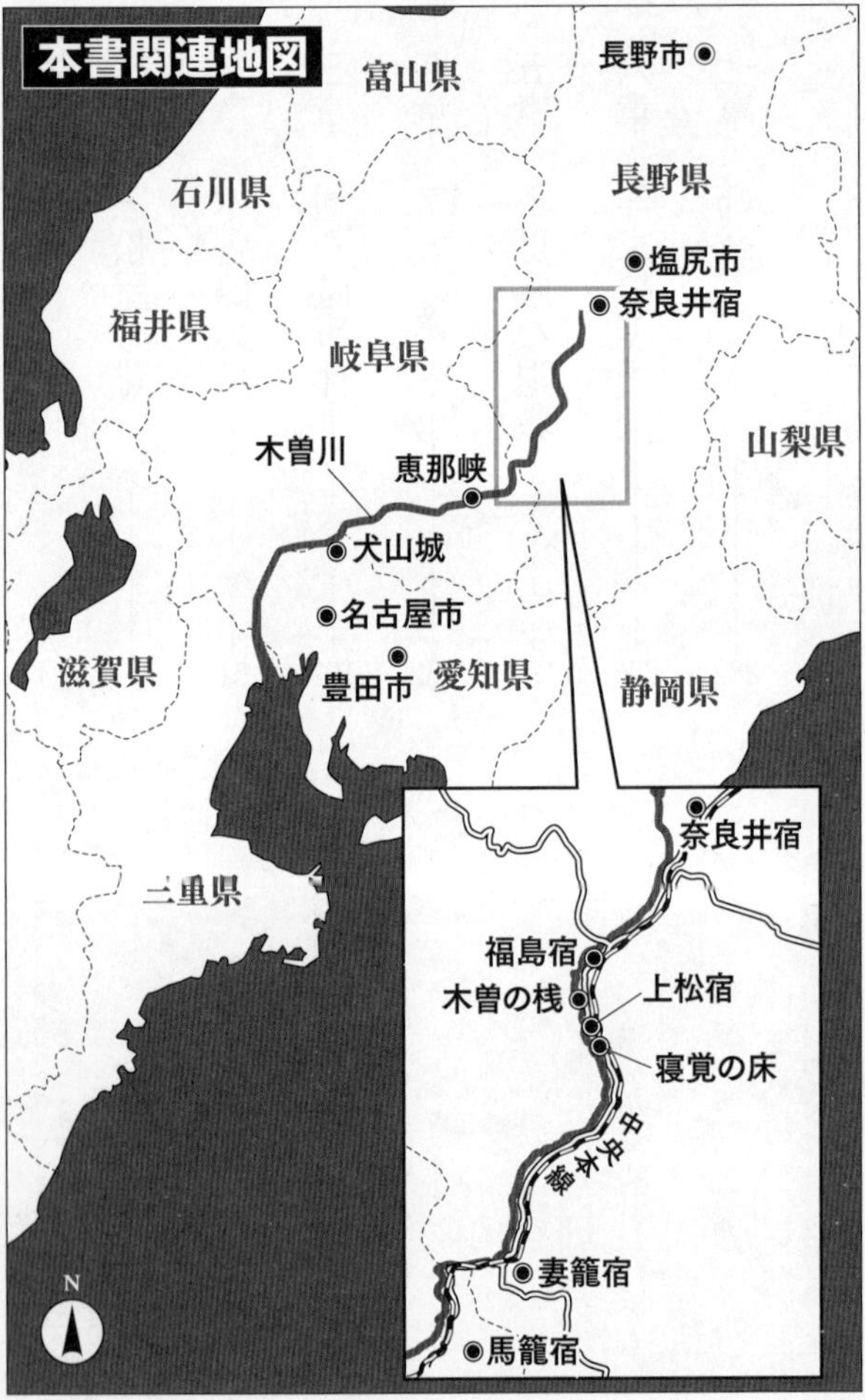
本書関連地図
富山県
長野市
石川県
長野県
塩尻市
奈良井宿
福井県
岐阜県
山梨県
木曽川
恵那峡
犬山城
名古屋市
滋賀県
豊田市
愛知県
静岡県
三重県
奈良井宿
福島宿
上松宿
木曽の桟
寝覚の床
中央本線
妻籠宿
馬籠宿
N

地図作成／三潮社

一章　三松屋《みまつや》の難

1

旅行作家茶屋次郎《ちゃやじろう》は午前十時に渋谷《しぶや》の事務所に着いた。が、きょうはいつもとはようすがちがっている。

いつもは、秘書のサヨコ＝江原小夜子《えばらさよこ》とハルマキ＝春川真紀《はるかわまき》が朝の九時に出勤していて茶屋を出迎えるのだが、けさは二人ともいない。二人は通常どおり九時に出勤してから外出したのだ。外出することは電話で茶屋に断わっていた。

二人の外出の理由はこうである。

二人の共通の友だちの朝波香織《あさなみかおり》という女性から、ある事件について疑惑を持たれているので、相談にのって欲しいといわれた。それでサヨコとハルマキは、近くのカフェで香織に会うということらしかった。

「相談なら、事務所で話をきけばいいじゃないか」

と、サヨコから受けた電話に茶屋はいった。

「会ったこともない先生に、相談をするわけにはいかないでしょ。恥ずかしいことかもしれないし」

サヨコはそういって電話を切ってしまった。

新聞社の学芸部から電話があった。依頼している原稿用紙十枚程度の秋の味覚についてのエッセイをきょうじゅうに送ってもらえないか、という催促《さいそく》だった。茶屋は、夕方までにと答えたが、なにをどう書くか決めてはいなかった。

彼は、自分でコーヒーを立てた。十一時近くになっているのに、サヨコもハルマキも事務所にまだもどってこない。真っ白いコーヒーカップを持って窓辺に立ち、秋晴れの空を仰《あお》いだ。以前は空がもっと広く見えたものだが、高層ビルが三棟建ったことから、窓からの視界は極端にせまくなった。そのせまい空を一瞬、黒い鳥影が横切った。

秋の味覚というとまずカニが浮かぶが、三、四日前の新聞に有名な映画監督が、越前《えちぜん》ガニのことを書いていたのを思い出した。

「そうだ。あれを書こう」

茶屋は膝《ひざ》を叩《たた》いた。

五、六年前の十月のことだったか、八甲田山《はっこうださん》へ登ることになった。だがその日の空は厚い雲におおわれていた。ロープウェイで登ったところへ、雪が降りはじめた。すると、頭や肩に雪をのせた男たちが、「駄目だ、危険だ、やめた」といってロープウェイ駅へもどってきたのだ。風が強くなったためにロープウェイは運休し、下ることもできなくなった。二、三時間経《た》つと、電灯が消えた。停電は二時間あまり。十人ばかりがストーブを囲んで黙りこくっていた。電灯が点《つ》いた。と、そこへ、熱いジャッパ汁を盛った椀《わん》が出された——

しばらくしてサヨコとハルマキが、長い髪をした色白の女性を連れてもどってきた。その人が朝波香織だった。サヨコが、彼女の話をきいてあげてと茶屋にいった。

香織はショートコートを脱ぐと、茶屋の前へきて頭を下げた。深刻な悩みを抱えているのか、顔が蒼白《あおじろ》い。

サヨコとハルマキは、香織の悩みをきいたが、いい知恵が浮かばなかったのか、それとも茶屋に相談を持ちかけたほうが解決が早いのではとみたので連れてきたのだろう。

茶屋は、部屋を見まわしている香織にソファをすすめた。

「お忙しいところを、申し訳ありません」

香織はそういってからソファに腰掛けた。サヨコと同い歳の二十六歳というが、いくつか若く見える。

「あなたは、なにかの事件について疑われたということですが、事件とはどんな……」

茶屋は、香織の少しとがった顎《あご》を見てきいた。

彼女は黒いバッグを脇に置くと、膝の上で手を合わせ、上半身を前へかたむけた。

「わたしは、銀座《ぎんざ》の三松屋《みまつや》の社員です」

「ほう。有名なデパートですね」

茶屋は三松屋でトイレを借りたことはあったが、買い物をした記憶はない。

「三年前から六階の時計売り場に配属されていました」

そこで彼女は、呑《の》んだものがつかえたように胸に手をあてた。

茶屋は、彼女の白い指に光っている薄紫色の宝石に目をやった。

「十月二十一日ですが、男物の腕時計の一点がディスプレイケースから失《な》くなっていました。十月二十一日というのは、紛失がわかった日です。腕時計は何日か前から失くなっていたのかもしれません」

きょうは十月二十八日だ。ちょうど一週間前ということになる。

「その腕時計は、高価な物ですか」

「六百五十万円です。国産でフュージョンという愛称で、今年の八月に発売された商品です」

「超高級品ですね」

茶屋は自分の左手の腕時計に目を落とした。去年、五万五千円で買った国産腕時計である。

「その時計が失くなったというのは、盗まれたということですね」

「そうです」

「あなたは、そのディスプレイの担当なんですね」

「いえ、わたしはそこの隣の外国製の時計のＢケースを担当しています」

「隣のケースを担当しているあなたが、その時計が失くなった件で疑われたということですか」

「時計売り場には担当者が八人います。そのうち三人が女性です。その八人が六階の課長に一人ずつ呼ばれて、盗んだのはだれかときかれました……フュージョンが飾られていたディスプレイはＡケースの横に置かれていて、それの開閉は専用のキーで行います。当然ですが、Ａケースの担当者二人はキーをしまっている引き出しを知っています」

「わたしは去年の三月までAケースを担当していましたので、フュージョンのディスプレイのキーを入れている引き出しを知っていました」

「ディスプレイの商品は、たびたび出し入れされるものですか」

「模様替えをしないかぎり三、四か月のあいだは開閉されません」

ディスプレイケースには、常に三、四点の新商品が収められているが、失くなったのはフュージョンだけだったという。

時計売り場は防犯カメラが三か所からにらんでいるが、怪《あや》しい動きを見せる人物は映《うつ》っていなかった。

三松屋はこの事件を警察には届けていないという。

Bケース担当の香織がなぜ疑われているのか。

「現在はBケース担当ですが、Aケースを担当していたことがあったからだと思います」

「Aケース担当の二人は怪しくないんですか」

「初めはその二人が怪しまれて、課長から事情をきかれたはずです」

「二人は男性ですか」

「男性と女性です。女性は水戸敬子《みとけいこ》さんといって、わたしより一年後に入社した人です。

「あなたは……」

その水戸さんがわたしに、『課長はあなたが怪しいと思っているらしい』と教えてくれたんです。なぜかとわたしがききましたら、彼女は、『分からないけど、疑っているのは確かだ』と。課長が彼女に、『朝波さんが怪しい』とでもいったんじゃないでしょうか」

「課長があなたを、怪しいとみた根拠はなんでしょうか」

「わたしの生活が苦しいと考えたのではないかと思います」

「生活が苦しい……。あなたは独身ですか」

「独《ひと》りです。豊島《としま》区西巣鴨《にしすがも》の古いマンションに住んでいます」

「それだけで、なぜ生活が苦しいと」

茶屋がきくと彼女は俯《うつむ》き加減になった。

サヨコとハルマキは、それぞれの席の椅子《いす》にすわって、茶屋と香織の会話を、静かにきいている。

「わたしは週のうち二日、夜に池袋《いけぶくろ》のスナックでアルバイトをしているんです。課長はそれを知っていたんです」

「そのことで、課長はなにかいいましたか」

「スナックで働いているんだね、といわれました。三松屋は、社員の副業を認めていません。規則で禁じられているわけではありませんが、長年の習わしで、してはいけないことになっているんです」

課長は、香織がスナックで働いていることをいつ知ったのだろうか。

「分かりません。今度の事件のあとで知ったのかもしれません」

「だれかからきいたのかな。それとも、あなたの帰りを尾行して、アルバイト先をつかんだのでしょうか」

「帰りを尾行……」

香織は胸に手を押しつけた。

彼女がなぜ腕時計が失くなった事件を、サヨコとハルマキに相談したのかというと、彼女は課長をはじめ何人かから疑いの目を向けられていた。腕時計を盗んだ犯人でもないのに、なぜ疑われているのか。なぜかは分からないが香織を陥《おとしい》れようとしている者がいて、課長か主任に、犯人は朝波だとでも告げ口をしたのではないかと考えたからだといった。

「課長はあなたに直接、犯人とみているようなことをいったんですか」

「『やったんならやったと白状しなさい。そうしたら穏便《おんびん》にすませてやる』といわれました。わたしはやっていないので、はっきりと、犯人ではありませんといいました」

犯人は社員のだれかだと思うか、と茶屋はきいた。

「わたしはそう思っていますけど……」

社員以外の者が売り場に入ることはあるかというと、警備員や清掃を請《う》け負《お》っている業者はいる、と彼女は答えた。

「あなたの目から怪しくみえる人はいますか」

「いません。怪しいといえば、六階の売り場の担当者全員です」

六階は時計売り場の奥が家具と調度品の売り場になっていて、三十数人が従事しているという。そのなかにはディスプレイケースのキーの置き場を知っている者がAケース担当以外にもいるのではないだろうか。

香織は、三松屋を退職しようと考えているという。だが、いま辞めるわけにはいかない。いま辞めれば、フュージョンを盗んだ犯人にされてしまいそうだからだ、といった。

三松屋の幹部は当然だが今回の事件を重要視している。値段にかかわらず、商品が何者かの手によって持ち去られた。その犯人をそのまま野放しにしておくわけにはいかないので、調査チームを結成した。その班長は、貴金属売り場主任の宇垣《うがき》という四十代半《なか》ばの男性社員だという。

調査チームが結成された日、香織は相談室へ呼ばれ、宇垣から、犯人もしくは犯人の手引きをしたのではという屈辱《くつじょく》的な質問を受けた。彼女は悔《くや》しかった。「わたしはやっていません」といったが、宇垣は疑いの目を向けたままだった、と香織はいって、膝の上の拳《こぶし》を固くにぎり、どうしたら疑いを晴らすことができるかと問いかけ、茶屋にすがるような表情をした。

茶屋は腕を組んで目を瞑《つむ》った。ディスプレイケースのなかの光る腕時計を想像した。香織にかけられた疑いを晴らすには、犯人を挙《あ》げるしかないだろう、と肚《はら》のなかでつぶやいた。

2

茶屋は、新聞社から依頼されていたエッセイの十枚を書き上げて、サヨコに渡した。

その原稿をサヨコは一読して、パソコンに打ち込む。

「三か所、字が抜けている」

サヨコはつぶやき、茶屋の最近の原稿には抜け字が目立つし、意味の通りづらい文章もあるといった。

「先生は、四十五歳でしょ。ちょっと早いと思いますよ」

「なにが早いんだ」

「ボケ。若年性《じやくねん》なんとかっていうんじゃ」

「嫌なことをいうな。字が一か所や二か所抜けているのは、前からあったことじゃないか」

「一年前までは、もっと少なかった。このごろ、なにか悩みごとでも……」

「いまのところ私には、悩みごとや困っていることはないが、朝波香織さんのことは気になるな。調べてやりたいが、どこから手をつけるか……」

茶屋は頭に手をやって椅子の背に反《そ》った。

「香織に、怪しいと思われる人をリストアップしてもらう。先生はその人たちの私生活をさぐる」

「私は、私立探偵じゃない」

「私立探偵じゃないけど、本物の探偵よりすぐれた嗅覚《きゆうかく》を備えています」

「ヘンな褒《ほ》めかたをするじゃないか」

香織は、豊島区の古いマンションに独り暮らしだといっていたが、出身地はどこなのかを知っているかと、サヨコにきいた。

するとサヨコとハルマキは顔を見合わせた。二人は目顔でなにかいいあっていたが、椅子を立つと茶屋のデスクの前へ並んだ。

茶屋は軽い気持ちで香織の出身地をきいただけなのに、サヨコとハルマキはまるで重大事でも起きたように目尻を吊《つ》り上げた。

「腕時計の盗難と、香織の出身地は、関係があるんですか」

サヨコは、抗議するようないいかたをした。

「独り暮らしだから、地方の出身なのかと思っただけだ。彼女の出身地がなにか問題なのか」

サヨコとハルマキは、茶屋の前に立ったまま、また顔を見合わせた。

「彼女、ゆりかごの出身なんです」

「ゆりかご……」

きいたことのない地名だ。それはどこかと茶屋は二人の顔を見上げた。

「横浜《よこはま》」

ハルマキが小さい声でいった。

「何区だ」

「ゆりかごって聞いても、なんのことか分かんないの」

サヨコのいいかたはぞんざいだ。

「えっ、もしかしたら、病院の……」

「そう。横浜の、産科、婦人科病院が設けていた『ゆりかご』に置き去りにされていた子なんです」

「親に棄《す》てられたのか。いくつの時だったんだろう」

「生後約半年だったそうです」

そういうことがどうして分かったのかを、茶屋は二人にきいた。

——朝波香織は横浜で育った。家族は、両親と姉。中学卒業が近づいたある日、「あんたは他所《よそ》からもらわれてきた子なのね」と、同級生にいわれた。その前から、自分は両親にも姉にも似ていないとは思っていた。姉は小柄なのに香織はクラスのなかでは長身のほうだった。

学校から帰ると母に、同級生からいわれたことを話した。すると母は顔色を変え、「お父さんと一緒に話す」といった。

警察官の父は、事件や事故が起こらなければ、午後七時には帰宅した。両親と四つちがいの姉とともに夕食をすませた後、

「あなたのことについて話すわね」

と母は、いくぶんキツい目をして切り出した。

「あなたは生まれた半年後に、横浜の病院が設けている『ゆりかご』にあずけられたの。手紙が添えてあってそれには、『別れるのは哀《かな》しいけど、どうしても一緒に暮らすことができません。どうかお許しください。丈夫に育ってね。ごめんなさい』と書いてあったの。名は『かおり』で、生年月日も記されてあった。……お父さんとわたしは、その病院に勤めていた人からあなたのことをきいたの。わたしは病気をして、二度と子どもを産めないからだになったのを、その人は知ってたから。お父さんとわたしは、乳児院へあずけられていたあなたを見にいった。あなたは少し瘦《や》せていたけど、お父さんとわたしを見て笑ったのよ。次の日は四歳になった琴乃《ことの》を連れて、あらためてあなたに会いにいった。わたしは琴乃に、『この子を家族にしたいのだけど』というと、琴乃は、『この子と一緒に遊びたい』といったの。それでわたしたちは、あなたを家族にしたのよ」

と、じっと顔を見て話した。添えられていた手紙には名は「かおり」と書いてあったので同じ読みかたができるようにと「香織」にしたという。

香織は丈夫に育って、背が伸び、中学二年のときに琴乃の身長を追い抜いていた。

香織は高校三年のとき、大学にはすすまず就職することを決めていた。三松屋へ就職することになった――

香織の生い立ちを、三松屋のだれかが知り、彼女を会社から追い出すための工作に、腕時計を隠し、彼女に罪をかぶせようとしたのではないか、とサヨコが目を据えていった。

こういうときのサヨコは眉《まゆ》を寄せ、凍《こお》ったような表情になる。

「彼女がゆりかご出身でも、えきおき出身でも、三松屋は困らないんじゃないのか」

「えきおきって、なになの」

サヨコがまばたいた。

「駅のベンチに子どもを置き去りにすること」

「可哀相《かわいそう》」

ハルマキが悲しそうに目尻を下げた。

「仕事に影響はないでしょうけど、どこで、どういう親から生まれたのか分からないような人を、伝統と格式を誇りにしている三松屋は、社員にしておきたくないんじゃないのかな」

「あのデパートには、そういう雰囲気《ふんいき》があるのか」

「あるそうです。それに……」

サヨコは腕組みした。瞳は宙の一点をにらんでいる。

「香織は、実の親をさがそうと、いえ、さがしているらしい」

「それは事実なのか」

「二、三年ぐらい前だったと思うけど、実の親をさがすにはどうやったらいいかって、わたしにきいてきたんです」

「おまえは、なんて答えた」

「なにかヒントがあると思う。そのヒントを手繰《たぐ》るしかないんじゃないかって答えたような気がします」

「彼女は、ヒントを何か見つけたようだったか」

以来、香織は自分の生い立ちや、実の親をさがす話はしていないという。

「香織さんは、親元をはなれて独り暮らしをしているというが、なぜ親元をはなれたのかをきいたか」

「育ててくれた親と一緒に暮らしながら、実の親をさがすことはできなかったからだと思います」

「それを育ての親にいっただろうか」

「いわなかったと思います。二十何年も育ててくれた親に、そんなことをいえるわけないでしょ」

しかし、両親は勘付《かん》いていたかもしれない。

香織は二十六歳だ。縁談があったか、それとも交際中の男性がいるのか。

「縁談か……」

サヨコとハルマキは同時につぶやいた。いまのところ二人にはめでたい話はないらしい。

香織に縁談が持ち上がった段階で縁談の相手側が、彼女の身辺を調べたとする。すると両親は実の親でないことが分かった。なぜ他人に育てられたのかを相手側は知りたくなった。それを知るために相手側は、民間の調査機関に依頼した。調査員は三松屋を訪ね、彼女の勤務ぶりとともに、生い立ちを尋ねるということもありうる。戸籍謄本《とうほん》に香織は、朝波夫婦の養子となっているだろう。複雑な事情が想像される。そういうことからめでたい話は破談になるかもしれない。

香織がそういうことを経験しているかどうかは不明だが、二十六年間のどこかで生い立ちが原因で躓《つまず》いたことがあったかもしれない。

茶屋がサヨコとハルマキを相手に朝波香織の悩み事を話しているさなか、何日か姿を見ていないし声もきいていなかった「女性サンデー」編集長の牧村《まきむら》が電話をよこした。

「私はゆうべ、夢を見ました」

彼はいきなりそういった。

「初めて夢を見たようなことをいうじゃないか」

「初めてなんです」

「夢はいままで数えきれないほど見たが、次の日に役立つような夢じゃなかったんで、全部忘れたんじゃないのか。で、ゆうべはどんな夢を見たんだ」

「ききたいですか」

「話したくないなら、話してくれなくても」

「何年かぶりに茶屋次郎先生に会ったんです。先生はすっかり老《ふ》け込んで、頭に一本も毛がないのに、真っ白い髭《ひげ》を長く伸ばして、杖《つえ》をついて、岩の上に仁王立《におうだ》ちしていました。声を掛けたらよろけて、岩から転落するかもしれないと思ったので、私は黙って、見上げていました。するとと先生は、なにかにさらわれたようにすっと、雲の彼方《かなた》へ消えていきました。いいえ、雲になって消えていったんです」

「あまりいい夢じゃないな」

「そうでしょうか。私は、なにかの前触れではと感じましたが」

「夢の話はもういい。用事はなに」

「分かってるでしょ。名川《めいせん》シリーズの次の取材地をどこにするかっていうことです。次週は予告を打つつもりですので、きょうにもそれを決めていただきたいんです。……今後、こういうことは、早め早めに決めるようにしてください。私は催促に疲れました」

そういって牧村は電話を切ったが、三分と経たないうちにまた掛けてきて、今夜は歌舞《かぶ》伎町《きちょう》で食事をしないかといった。

茶屋はこれまで牧村と何度も歌舞伎町へいっているが、食事らしい食事をしたことは一度もない。ラーメンか焼きそばを食べると牧村はすぐに「チャーチル」というあまり上等でないクラブへいきたがる。その店には「あざみ」という長身のホステスがいて、彼は彼女にぞっこんなのだ。あざみは二十七、八歳か、それとも三十の角を曲がっているかもしれない。顔立ちは、まあ十人並みといったところだが、脚が細くて長い。尻の位置が日本人の標準より高いところにあるのが特徴だ。

牧村は、彼女が横にすわるとすぐに手をにぎって自分の膝へ引き寄せる。彼は酒好きを自認しているが、強いほうではない。ウイスキーの水割りを三杯も飲むと眠くなるらしい。十分か十五分、霧《きり》がかかったような目をして、目を閉じると口を半開きにして眠り込む。この顔を妻が見たら、先行きを考え直すのではないだろうか。中学生と小学生の子どもがいるが、二人とも家出を計画するような気もする。

茶屋は仕事を理由に牧村の誘いを断わった。

その電話をきいていたサヨコは、パソコンの画面を向いたまま、

「珍しい」

といった。

茶屋は名川シリーズの次回の取材地を考える必要があった。資料をめくっているうちに奈良、和歌山、三重の三県を流れる近畿《きんき》最長の熊野川《くまのがわ》を思い付いた。新宮川《しんぐうがわ》とも呼ばれていたが、古来から熊野川のほうがなじみが深かった。そこは熊野詣《もうで》で知られる熊野三山が近くにあり、新古今和歌集《しんこきんわかしゅう》の後鳥羽《ごとば》上皇の歌にも熊野川が登場している。

3

牧村の誘いを断わった翌々日、茶屋は熊野川を取材して紀行を書くことにしたので、和歌山県新宮市辺りの地図を広げた。熊野川は新宮市から熊野灘《なだ》に流れ込んでいた。川を西のほうへたどった。本宮《ほんぐう》町から上流へと遡《さかのぼ》ると十津川《とつかわ》村がある。

明治二十二年（一八八九）、十津川村を中心に大規模な地滑《じすべ》りが群発した。集落は埋没《まいぼつ》して多数の犠牲者を出し、村を流れる十津川は五十数か所で堰《せ》き止められた。深い谷底は広い河原に変わり、山容《さんよう》は一変した。村民は北海道へ集団移転して、北の大地に新十津川村を開いたという歴史がある。

これらを取材用のノートにメモしているとサヨコが、

「あっ、あ、この人……」

彼女は応接用のテーブルに夕刊を広げて声を上げた。

彼女は閑《ひま》だった。パソコンの前からはなれてドアポストに差し込まれた夕刊を開いていたのだ。

「ハルマキ、ちょっとちょっときて」

サヨコは新聞に目を落としながら鳥が羽ばたきするような手招きをした。炊事場にいたハルマキは、タオルをつかんだ。

二人は来客用のソファで額《ひたい》を突き合わせて、夕刊の記事に目を注いだ。茶屋はデスクで地図をにらんではメモを取っているのに、二人にはそれが目に入っていないようである。

［十月三十日午前七時ごろ、長野県塩尻《しおじり》市洗馬《せば》の奈良井川《ならいがわ》の川岸で、男性が倒れているのを通りかかった人が見つけて一一〇番通報。男性はすでに死亡していた。溺死《できし》とみていたが塩尻署で検《しら》べたところ、腹部と腰に刃物で刺された跡があった。長野県警は殺人・死体遺棄事件と断定し、塩尻署に特別捜査本部を設置した。男性は四十代半ばで、身長約一七五センチ、体重約六三キロ程度。上着を着ておらず、白ワイシャツに紺《こん》のズボン。ズボンの尻ポケットに二つ折りの財布があって中身は五万七千円。財布には名刺が一枚入ってい

て、それによると、東京都中央区《ちゅうおう》銀座六丁目・株式会社三松屋・貴金属部主任・宇垣好昭《よしあき》」

「失くなった腕時計盗難事件の犯人をさがすチームの班長を、香織はたしか宇垣っていってたわよね」

サヨコは新聞から顔を起こした。

「そう、間違いなく宇垣っていってた。塩尻で見つかった遺体はその人じゃないかしら」

ハルマキが細い目を一杯に開けた。

「先生。そんなことしている場合じゃないですよ」

サヨコだ。

「そんなこと……」

茶屋はペンを持ったままサヨコをにらみつけた。めったにいないような器量《きりょう》よしのサヨコの口から、牙《きば》がのぞいたように見えた。

彼女は音を立てて茶屋の前へ夕刊を広げた。

「有名デパートの社員が災難に遭《あ》った。香織さんはたしか宇垣を四十代半ばだといっていたな」

「これからという年齢なのに。……腕時計の盗難事件に関係があるのかしら」

サヨコの目は新聞記事を指していた。


茶屋は時計を見て立ち上がった。午後六時近い。

「デパートは何時までやっているんだ」

彼は二人にきいた。

「八時までだと思います」

「そうか。三松屋をぶらっと見てくる」

「時計売り場を見るんですね」

「雰囲気を嗅《か》いでくる」

サヨコとハルマキは、帰り支度《じたく》をしていたが、銀座の三松屋を見にゆく茶屋に随行《ずいこう》するといった。茶屋には彼女らの魂胆《こんたん》が見て取れた。一緒に時計売り場に行くといっているが、じつは夕飯をおごらせたいのだろう。

「銀座へいくんなら、着る物を考えてくればよかった」

サヨコは自分のジャケットの胸や腕に目を這《は》わせた。なんだか茶屋の無計画な行動を恨《うら》んでいるような口調だ。

「田舎《いなか》者みたいなことをいうじゃないか」

「どういう意味……」

「地方の人が都会へいくのに、着飾ったりする。普段身に着けていない服なんか着るから、似合っていない。そういう女のコを、センター街でもよく見掛ける」

「田舎者って、差別語ですよ。自分でいうならいいけど、他人のことをいうと見下しているみたいにきこえる」

サヨコは、壁の鏡に顔を映しながらいった。

久しぶりに銀座の中央通りに出たからか、両側に並んでいるネオンの灯《あか》りがまぶしかった。

三松屋の入口には数人の男女が立っていた。待ち合わせをしているのだろう。

化粧品売り場の中央部を通ってエスカレーターに乗った。茶屋の後ろでサヨコとハルマキは、化粧品の話をしている。

六階のエスカレーターを降りたところが時計売り場だった。五、六万円の物も百万円以上の物も透明のガラスケースにおさまっていた。閉店時間に近いからか客の数は少なくて店内は閑散《かんさん》としている。

香織からきいていたので、茶屋はガラスケースの側面をのぞいた。「A」という金属製のプレートが貼ってあった。

「B」ケースの内側に香織がぽつんと立っていた。彼女は茶屋たちを見て頭を下げた。きょうの彼女は遅番なのだろう。サヨコが香織に近づいてなにかいった。香織はにこりとしてうなずいた。

サヨコとハルマキは、女性用の時計のケースを見て、目を丸くしたり笑い合っていた。二人をひやかしと見たほかの女性店員は声を掛けなかった。

三人は三階で有名ブランドの婦人服のコーナーを横目に見てから外へ抜け出した。

「やっぱり銀座はいいな。銀座で勤《つと》めればよかった」

サヨコだ。

「靴《くつ》屋を見ようよ」

ハルマキが道路の反対側を指差した。

三人が信号を渡って靴屋の前へ立ったところで、店内が暗くなり、カーテンが音もなく下りた。カーテンが半分下りたところで、店員がドアの内側で頭を下げていた。

晴海《はるみ》通りを有楽町《ゆうらくちょう》に向かって歩いた。信号待ちの交差点は勤め帰りの人であふれていた。

「ここの下は川で、昔ここには数寄屋橋《すきやばし》という橋が架《か》かっていたんだぞ」

茶屋がいうとハルマキが、だれかからきいたことがあるといった。

「ビールを飲みたくなったな」

サヨコが空を仰いだ。街の灯りがまぶしくて、星は一つも見えなかった。

「先生はときどき、牧村さんと銀座へもくるんでしょ」

サヨコは空を向いたままきいた。

「年に二、三回はな」

「牧村さんといく店へ連れてって。ここから近いんでしょ」

「そこはバーだ。女性がいくとこじゃない」

「そ、そんな店ってあるの。そこは普通のバーじゃないんじゃないの」

サヨコに電話が入った。相手は香織らしい。彼女は勤務が終わって外へ出たところのようだった。

茶屋が電話を代わって、食事のできる安い店を知っているかときいた。香織は、コリドー通りにときどきいく店があるといった。彼女とはその店で落ち合うことにした。

その店は自転車販売店の二階だといわれたので、すぐに分かった。カウンターの上に野菜の煮物の大きい鉢《はち》が並んでいた。客は二《ふた》組いて、ビールのジョッキをかたむけていた。

四人ともビールを頼んだ。香織が皿を持って立ち上がり、カウンターの上の鉢から、かぼちゃ、じゃがいも、はす、ニシンの煮物を盛りつけてきた。

「夕刊を読んだよ」

サヨコが香織の横顔にいった。

「そう」

香織はジョッキから手をはなすと俯いた。

「塩尻で見つかった男性、三松屋の宇垣さんだったんでしょ」

サヨコは人差し指で唇《くちびる》を拭《ぬぐ》った。

「宇垣さんの身内の方と一緒に、会社の人が現地の警察へいって、確認したらしい」

「宇垣さんは、腕時計盗難事件の調査チームのリーダーだったんでしょ」

「そうなの」

「犯人さがしと、事件に遭ったことは、関係があるんじゃない」

「分からない。わたしはけさ出社してすぐに、総務の人から宇垣さんのことをきいたんだけど、それからは、その話をだれもしなかった。みんな蒼い顔をしてたけど」

「総務の人からは、なにをいわれたの」

「警察の人からなにかきかれると思うが、よけいなことを喋《しゃべ》るなって釘《くぎ》を刺されたわ」

「宇垣さんのことで知っていることがあっても、喋るなっていうことなのね。あなたは腕時計の件で、宇垣さんから屈辱的なことをいわれて、腹を立てたけど、彼の個人的なことをなにか知ってる」

「少しは」

「どんなことを……」

「彼は、三松屋に勤めていた人と結婚したの。奥さんになった人は結婚を機に三松屋を辞めたらしい。その人とのあいだに子どもが二人いて……ところが宇垣さんは、日用雑貨売り場にいる人と付合っているのよ」

「相手は若い人……」

「高校を出て入社して四年っていうから、二十二歳ぐらい」

「奥さんには知られていないのかしら」

「どうかしら。勘のいい奥さんなら、気付いていると思う」

宇垣が遺体で発見されたのは長野県塩尻市だった。三松屋と塩尻市とはなにか縁があるのかをサヨコがきいた。

「塩尻には塩嶺社《えんれいしゃ》っていう精密機械の、わりに大きい会社があるの。その会社が創立五十周年を記念して、社員を褒賞《ほうしょう》する記念品と、社員全員が胸に飾る社章を三松屋が受注していたので、貴金属部の宇垣さんは、それの打ち合わせにでもいっていたんじゃないかしら」

「まさかその会社とトラブルが……。そんなことないわよね」

サヨコは、香織の反応を試すようないいかたをした。

香織は視線をテーブルに落とすと、宇垣にはいろんな噂があるのだといった。

「噂って、女性問題以外にも……」

サヨコは香織の表情をのぞいた。

「前に付合っていた人のお父さんは、暴力団と関係のある人らしいの」

「暴力団……」

サヨコは目を丸くした。茶屋もハルマキも香織の表情に注目した。

「お父さんは、銃を持っていたので、警察から調べられたことがあるらしい」

「銃にもいろいろあるが」

茶屋がいった。

「拳銃らしいんです」

「拳銃か。事実だとしたら警察は入手経路を調べるだろうね」

「警官が襲われて盗まれた拳銃じゃないかって、疑われたようです」

過去に、交番勤務の警官が刃物で刺され、拳銃が奪われた事件が何件も発生している。

「警官が所持していた拳銃だったとしたら、単なる事情聴取ではすまされなかったと思いますよ」

茶屋がいうと、香織は、そうだろうというふうにうなずいた。

香織は、宇垣には妻子がいるのに親密な関係の女性がいるというだけでなく、前に付合っていた人の親のことまで知っている。それはどうしてかときくと、宇垣と交際している日用雑貨売り場の女性社員から話をきいたのだと答えた。

宇垣の遺体は川岸で発見されたらしいが、からだの何か所かに刃物で刺された傷があった。警察は怨恨《えんこん》の線で捜査していそうだ。

4

宇垣好昭の個人的なことは同僚にも知られていた。

宇垣は、日用雑貨売り場の若い女性社員と親密な関係を結んでいたらしい。さらに、以前交際していた女性の父親は暴力団と関係があって、物騒な物を所持していたことが警察に知られて、取り調べを受けたという。そういう噂が社内の人から人へと伝わったとすると、香織の生い立ちに関することも、何人かには知られているのではなかろうか。

「あなたは、赤ん坊のときに、乳児院から朝波さんという夫婦にもらわれて、そして育てられたということでしたね」

茶屋は、サヨコとハルマキからきいたことに話を移した。

香織は、そのとおりだというふうに顎を引いた。

「あなたの生い立ちは、社内の人に知られていそうですか」

「わたしは社内の人に話したことはありませんので、だれにも知られていないはずです。知られないほうがいいとも思っています」

「あなたは、実の親をさがそうとしているそうですね」

「そのつもりで、家を出たんです」

「なぜ、さがす気になったんですか」

「わたしを産んだ母がどういう人で、どうしてわたしを手放したのか。父とは結婚していたのか。父と母は、どのような暮らしかたをしていたのか。なぜわたしが邪魔になったのか。そういうことを知りたくなったんです」

「あなたを育てた朝波さん夫婦に、その目的を話して、別居したんですか」

「いいえ。でも、わたしが独り暮らしをするといったとき、産みの親をさがすんだなって勘付いたと思います。母は、独り暮らしをするわたしを引きとめようとしませんでした」

香織は月に一度は育ての両親に会っているし、週に一度は母に電話をしているという。

「お母さんとの電話ではどんなことを話すんですか」

「母はいつも自分の体調のことをいいます。歯医者に通っていることや、きのうは新聞や本を読むと目が痛くなるといって、眼科にかかったといっていました。わたしはなにをどんなふうに料理して食べたのかなどを話します。母はわたしの暮らし方に気を遣《つか》うようなことをいいますが、わたしが実の子でないからなのかって、思うことがあります。気を遣いすぎるんです」

「たとえば、どんなふうにですか」

「子どものころのことですが、街を一緒に歩いていて、書店を見つけるとそこへ入って、絵本を買ってくれました。外で人に会うとき、姉を家に残して、わたしを連れていきました……」

そういうと香織は唇を嚙《か》んだ。育ての母の心遣いを思い出したのか、瞳をうるませた。

「あなたを病院にあずけたお母さんを、さがしましたか」

香織は細かい花柄のハンカチを目にあててから、話しはじめた。まず、ゆりかごのある横浜の病院を訪ねた。受付で目的を話すと、事務長という五十代の男性を紹介された。その人に、『わたしをあずけた人をさがしている』というと、『あなたをあずかったのが、この病院なのかどうかは分からない』といわれた。そして、なぜあずけた人をさがすのかきかれたので、『どういう事情であずけたのか。その人はいまどうしているのかを知りたい』と答えた。

『産んだお母さんがあなたを手放したことについては、苦しい事情が想像されます。名乗ることもできない深い理由もあったんです。それを察してあげてください』といわれ、あずかったときの状況などは話してもらえなかった。

次に乳児院を訪ねて、本当の母についての事情を知っているかを尋ねた。

乳児院では、香織の身元をきいてから、育ての親になった人は分かっているが、それ以上は何も分からないと断わられた。

だが香織は諦めきれなくて、弁護士に相談してみることにした。池袋のある法律事務所へいって事情を話してみた。若い弁護士が応対して、『それは親子関係の修復に役立つことだし、もしも親のほうが生活困難だったような場合、生活支援ができるかもしれない。あなたの知りたいことは大事なことなんじゃないかな』といって、調査を引き受けてくれた。

二週間ほど経つと、若い弁護士から連絡があって、ゆりかごのある病院や児童養護施設にあたったが、いずれの施設でも回答を拒否された、といわれた。調査費用をきくと、『要りません』といわれ、『さがさないほうがいいのかもしれない。親が分かった場合、争《い》いに発展する恐れもある』と、忠告を受けた。

それからまた二週間ほど経ったある日、マンションのポストに差出人の名前のない手紙が投げ込まれていた。郵送ではなかった。手紙を書いた人がポストに入れたのだろうと判断した。

手紙は手書きで書き出しには、「あなたに縁のある人のことを知っています」とあった。

香織はその手紙を、目を皿にして読んだ。

「新宿・歌舞伎町のあずま通りに、「酒楽《しゅらく》」というカウンターだけのバーがあります。その店をやっているのは蝶子《ちょうこ》さんという六十歳ぐらいの女性。

二十数年前の四月のある日、蝶子さんは店を終えて東中野《ひがしなかの》の自宅マンションへ帰ると、そこのエントランスに歳をとった男の人が、寒さをこらえるようにしてしゃがんでいました。近づいてよく見ると、その人は、お客さんとして酒楽へも何度か飲みにきたことのある、元小学校の先生でした。蝶子さんは彼をよく知っていました。どうしてこんなところにいるのかと蝶子さんがきくと、「あんたの帰りを待っていたんだ」といいました。「こんな夜中に」彼女はそういいましたが、追い帰すのは気の毒だと思い、自分の部屋へ連れていきました。

先生はおなかがすいているようだったので、おでんを温め、お酒も温めて出してあげた。先生は、「おいしい」といっておでんを食べ、お酒も少し飲みました。

蝶子さんが、流し台で洗いものをはじると、先生が後ろから抱きつきました。蝶子さんは声をあげて先生の手を払いのけようとしましたが、先生は酔っていたからか、よろけてテーブルの端に頭をぶつけて倒れ、そのまま動かなくなりました。蝶子さんはあわてて先生の名を呼び、からだをゆすったのですが、先生はまったく身動きしませんでした。そこで彼女は救急車を呼びました。

救急隊の人は、床に倒れている先生を見て、死んでいると判断し、警察に連絡しました。

当然ですが蝶子さんは警察署へ連れていかれましたし、先生は検視官に検べられました。

警察は、先生と蝶子さんが争った末、先生が倒れたとみたようで、当夜のことを詳しくきかれました。蝶子さんは事実を話したのですが、最初警察は納得しなかったようです。

しかし先生のからだに争った跡がなかったことから、酔って倒れた拍子にテーブルの端に頭をぶつけ、急性硬膜下血腫《こうまくかけつしゅ》によって死亡したものと結論づけ、蝶子さんは帰宅することができました。

先生の自宅は杉並区《すぎなみく》天沼《あまぬま》で、そこには娘も住んでいて先生の帰りを待っていました。その娘は会津野々花《あいづののか》さんといって三十歳でした。当時、離婚したために実家である先生の家に同居していたのです。その野々花さんは、自分の子どもではない赤ん坊を育てていたことがあるのです。

同居して間もなくのことですが、スーパーで買い物をして外へ出たところへ、赤ん坊を抱いた女性が近づいてきて、「ちょっと電話を掛けますのでお願いします」といって、赤ん坊と小さな包みを押しつけました。女性は公衆電話の前で一瞬立ちどまったようでしたが、スーパーの中へ入り、それきり出てこなかった。野々花さんは赤ん坊を抱いてスーパーの中をさがしたけれど、女性の姿はありませんでした。それでどうやらその赤ん坊を押しつけられたことを知りました。スーパーの人に事情を話そうとしましたが、生まれて間もない赤ん坊の顔を見ているうちに、可愛くなって自宅へ連れて帰りました。ミルクを飲ませて、おむつを替えてあげると、安心したように眠りました。

野々花さんは、その女の赤ちゃんを五か月ほど育てていました。そのころ教師を辞め、学習塾の講師をしていた父親は、身元の分からない子どもの面倒をみることに反対でした。そこで野々花さんが思いついたのが、横浜の病院の「ゆりかご」でした。

当時、野々花さんは再婚を考えていました。その人に身元不明の女の子を抱えていることは告白できなかったので、「ゆりかご」にあずけることを決心して、推定の生年月日と名前を「かおり」にして、別れることにしたんです。

あなたは朝波家の娘になって、立派に成長なさいましたね。あなたを産んだ女性は、どこかでそっとあなたを見ていることでしょう。これからもおからだを大切にして、明るい人生をおすごしください」

5

二十六年前、杉並区のスーパーの前で、買い物をして帰ろうとしていた会津野々花に、生まれて間もない女の赤ん坊を、押しつけた女性がいた。その女性は、野々花が赤ん坊をどうするかを、どこからかのぞき見ていたような気がした。野々花は赤ん坊を自宅へ連れていくのを、女性は見届けたのではないだろうか。

「見知らぬ人からの手紙によって、あなたは生まれて間もないときから数か月、会津野々花という人に育てられていたことを知ったんですね」

茶屋が香織にいった。

香織は黙ってうなずいた。

会津野々花という人に会ったかときくと、会っていないと答えた。

「手紙を書いた人の見当《けんとう》はつきますか」

「会津野々花さん本人ではないかって思ったこともありましたけど、手紙によれば彼女はゆりかごへわたしをあずけた人です。そういう人は多少なりとも罪の意識を感じているでしょうから、いまさら名乗るようなことはしないと思いました」

手紙には具体的に新宿・歌舞伎町の酒楽という店も登場している。

「なんだか、あなたのその後をたどっている人が書いたようにも読めますね。酒楽という店へはいきましたか」

「店に入ったことはありませんが、その後、店を見にはいきました。入口が小料理屋風の店でした。その店はいまもあるはずです」

「蝶子という女将《おかみ》と、元小学校教師とのあいだの出来事も知っているとなると、手紙を書いた人は、酒楽の客でしょうか」

なじみの客ならば、元教師のことも、娘のことも蝶子からきいた可能性が考えられる。

「これから、その酒楽っていう店へいってみましょうか」

いままで茶屋と香織の会話を黙ってきいていたサヨコが、目を覚ましたようにいった。

茶屋は一瞬、迷ったが、なにか面白い展開が待っていそうな気がしたので、酒楽へいってみることにした。その店の雰囲気によっては、香織が受け取った手紙について話してみるのも一興《いっきょう》だと思って、立ち上がった。

歌舞伎町のあずま通りは、二十年ぐらい前まで風紀《ふうき》のよくない通りとして知られていた。

茶屋たちは、新宿区役所の前でタクシーを降りた。新宿駅方面に向かって歩く人が多いのは帰宅を急ぐ時間帯だからだろう。

酒楽は、周囲のビルから取り残されたような木造二階建ての一階だった。二階は住居なのか、あるいは営業しているのか、窓には灯りが点いていた。

和風の料理屋のような格子戸を開けた。茶屋の一行は、男一人に若い女性が三人だったので、六十代に見える女将らしい人は目を丸くしたり、素性をさぐるような表情をした。この店へ入る客のほとんどは常連にちがいない。

カウンターのなかで洗い物をしていたらしい女性が振り向いた。その人は三十歳見当だ。店の中には男の客が二人立っていた。帰り支度をしていたようだった。カウンターは鉤《かぎ》の手になっているが、ほかに客はいなかった。

「たまには、こういう店で飲みたくなってね」

茶屋は、以前からこの店を知っていたようにふるまった。

「そうですか。ありがとうございます」

蝶子という女将だろうが、声は低く太かった。白い丸首シャツに格子柄のベストを着ている。彼女はタバコを吸うのか、ガラスの灰皿を目の前へ置いていた。

茶屋が焼酎《しょうちゅう》の水割りを頼むと、三人の女性も同じものをといった。

洗いものをしていた女性が四人の酒をつくった。女将は、水なのか日本酒なのか、透明のグラスをつかんでいる。初めて入ってきた四人の正体が気になっているらしい。

カウンターの端の壁には「酔いたくて　恋」と毛筆で書いた著名作家の色紙が額に収まっていた。その作家は高齢だが存命だ。酒好きで知られているし、酒にまつわる随筆を新聞に書いていた。

「海鞘《ほや》を召し上がりますか」

女将が茶屋にきいた。彼は、好きだと答えた。

小鉢が四つ並んだ。海鞘の塩辛だった。サヨコとハルマキは食べたが、香織は手をつけなかった。

「ママは、蝶子さんというお名前ですね」

茶屋はグラスをつかんできいた。

「そう。蝶子ですよ。どこかできいていらしたのね」

「あるものを読んだんです」

「わたしのことを、どなたかが書いているんですか」

「手紙です」

「手紙……」

女将は瞳を回して茶屋を見つめた。

「あなたがたは、なにかをさぐりにおいでになったんじゃないですか。さっき、入ってきたときそう思ったんです」

女将は表情を変えなかった。

茶屋は名乗ってから、知りたいことがあるのだといった。

「なんでしょう。どうぞ、おっしゃってください」

茶屋は横にすわっている香織を指して、朝波香織だと紹介して履歴を話した。彼女は見知らぬ人から差出人名のない手紙を受け取った。その手紙には、酒楽の名も蝶子の名も書かれていた。そして、先生の事故死の件、あずけられた赤ん坊の話も。もしかしたら実の親を知っているのではないか、と話した。

「手紙に出てくる会津野々花という女性は、杉並区天沼のスーパーの前で見ず知らずの女性から、ちょっとお願いしますといわれて、生後間もない赤ん坊をあずかりました。その女性は赤ん坊の母親だったと思うが、そのまま姿を消したということです」

「会津野々花さんなら知っていますよ。べつの人と再婚して、いまは青山《あおやま》姓です。野々花さんが知らない人の赤ん坊をあずかっていたことがあったなんて、知りませんでした」

女将は、茶屋の話を疑うように首をかしげた。

「野々花さんは、赤ん坊を育てていたんですか」

「手紙によると、野々花さんは五か月ほど赤ん坊の面倒を見ていたが、再婚に支障がありそうなので、横浜の病院のゆりかごに自分の名を伏せてあずけたということです」

「二度も棄てられたんですね」

女将は香織の顔を見ていった。香織は女将の視線から逃げるように俯いた。

「香織さんは実の親をさがしているんです」

茶屋は女将の顔を見て強調するようにいった。

「気持ちは分かるけど、さがさないほうがいいこともありますよ。お母さんは自分の都合だけじゃなくて、あなたを、いい娘に育てる自信がなかったのかも。……もしもさがしあてることができたら、あなたは、どうして産んだ子を棄てたのかってお母さんを責めるでしょ。どうしてってきかなくても、お母さんは責められてるって感じるわよ。お母さんはいまも、あなたを他人の手に渡したことをずっと後悔していると思う。棄てなくてもよかったんじゃないかって、振り返ることもあるような気がする。あなたはいい娘さんに育ったんだから、お母さんを苦しめるようなことをしないほうがいい」

女将は香織を叱《しか》るような口調になった。

彼女は透明のグラスの水か酒を飲み干すと、音をさせてグラスを置いた。

「茶屋次郎さんて、どっかできいたことがあるような気がするけど、あなたは大人げない方なのね」

女将はそういうと茶屋をにらんだ。その目には噛《か》みつくような迫力があった。

「これからどういう方法で母親さがしをするのか分からないけど、それは罪つくりですよ。お母さんはもう五十代かもしれない。二十代の子どもを持っているっていうことも考えられる。そういう人の前へ、『わたしはあなたに棄てられた子よ』ってあらわれてごらん。驚くだけじゃないと思う」

茶屋は、初対面の人から、大人げない男といわれたのは初めてだ。彼は香織の話に興味をそそられたので、時計が盗まれた一件をさぐりながら、彼女の母親さがしに協力する気になっていた。香織を産んだ人をさがしあてても、不明のままでも、追跡作業に興味を覚えたからだった。香織を産んだ人が分かったら、彼女は会いにいくだろう。が、その対面は悲劇のはじまりになるかもしれなかった。

二章　木曽路《きそじ》の旅

1

十月三十一日、茶屋は事務所に出るとすぐにA紙の朝刊を広げた。社会面には塩尻市の奈良井川で遺体で発見された、三松屋社員の宇垣好昭に関する記事が載っていた。

宇垣は、十月二十九日に塩尻市の精密機械メーカーの塩嶺社を訪問し、打ち合わせを終え、午後三時ごろ同社を出たが、その後の足取りは不明だった。ところが日の入り近くの午後四時三十分ごろ、JR中央本線の日出塩《ひでしお》駅近くの中山道《なかせんどう》を女性と歩いている宇垣を塩嶺社社員が見ている。その社員は会社を訪れた宇垣に数回会っているので、車のなかからでもすぐに宇垣だと分かった。社員は通りすぎてから宇垣を振り返った。彼は女性と話しながら塩尻駅方面へ歩いていた。女性についてはどこかで見たことがあった人のようだったが、思い出せないといった。

宇垣は腹部と腰をナイフと思われる刃物で刺され、そこからの失血で死亡している。死亡推定時刻は二十九日午後六時ごろ。死んでから奈良井川へ突き落とされたもようだ。

警察は宇垣と一緒に歩いていた女性がだれだったかと、午後四時三十分ごろ以降の行動を調べている、と記事にはあった。

茶屋はB紙にも目を通した。宇垣好昭が殺された事件についてはA紙と似たりよったりの内容だったが、塩嶺社の社員は、十月二十九日の午後四時半ごろ、中山道を宇垣と肩を並べて歩いていた女性は若い人だったような気がする、と語っていると書いてあった。B紙の取材記者は、塩嶺社の社員にしつこく食い下がったのではないか。塩嶺社で仕事の打ち合わせを終えた宇垣は、女性と会っていた。警察も宇垣が会っていた女性の特定を急いでいるにちがいない。

きょうの茶屋は、何年か前に名川の取材で北海道へいって大雨に遭《あ》ったときの思い出を雑誌のエッセイに書くつもりで、万年筆のキャップをはずした。

サヨコは、茶屋が読んだ朝刊を片づけるのかと思ったら、ソファにすわって読みはじめた。三松屋社員の宇垣が殺害された記事を、熱心に読んでいる。三松屋は友だちの朝波香織が勤めているデパートだ。そこの六階の時計売り場のディスプレイケースに収まっていた新商品の腕時計がなくなった。その時計を持ち去ったのは社員ではとみられている。疑わしい者の一人に香織も挙がっているらしい。

この盗難事件は会社内で始末することになって、その調査の班長に宇垣好昭が選ばれていた。宇垣が調査をどのようにすすめていたのか分からないが、出張先の塩尻市で、何者かに刃物で刺されて死亡した。

サヨコはほぼ毎日、茶屋が万年筆で書いた読みづらい字をパソコンで打ち直しているが、三松屋の宇垣の事件を知ってからは、落ち着いていられなくなったようだ。だから二つの新聞の記事を入念に読み比べ、窓に顔を向けて人がちがったように考えごとをしている。

電話が鳴った。が、サヨコは身動きしなかった。

仕方なく出た電話で「おはようございます」といったのは牧村だった。

「茶屋先生。けさのご体調はいかがでしょうか」

珍しい。牧村がこんなことをきいたのは初めてではないか。

「特別いいとはいえないが、頭は痛んでいないし、腹具合もまあまあだ。あんたのほうはどうなの」

「快調です。羽が生《は》えて、舞い上がりそうなんです」

「そういうときは気をつけたほうがいい。交差点の信号の色にも気をつけるように」

「先生はいま、なにをなさっているんですか」

「原稿を書いている。……私は旅行作家なんでね」

「きのう約束したことを、忘れているんじゃありませんか」

「約束……。なんだったか」

「とぼけないでください。もしかしたら先生は、あれじゃないでしょうか」

「あれ、とは」

「若年性なんとかっていう」

このあいだサヨコにも同じことをいわれた。

「あんたは、用事もないのに電話をする。それは進行性なんとかという症状では」

牧村は、猿のような笑い声をあげると、名川シリーズの次の取材先は決まったかと、やや
つっけんどんなききかたをした。

「木曽川にしたいが、どうだろう」

「木曽川。長野県ですね」

「長野、岐阜、愛知、三重にまたがる全長二二九キロメートル。木曽谷の峡谷《きょうこく》をつくり、

王滝川《おうたきがわ》などを集めて美濃《みの》にはいる。美濃の高原を貫入蛇行《かんにゆうだこう》しながら、美濃加茂《かも》で飛驒川《ひだがわ》を合わせる。犬山《いぬやま》で濃尾《のうび》平野にはいって伊勢《いせ》湾に注ぐという川だ」

「源流はどこですか」

「長野県木曽郡木祖《きそ》村北西部の鉢盛山《はちもりやま》だ。その山の南東斜面から流れ出た沢は、四キロほど下って味噌川《みそがわ》ダムをつくって、藪原《やぶはら》宿《しゆく》までが味噌川と呼ばれて、そこから奈良井宿などの木曽路と並行する」

「木曽っていうと御嶽山《おんたけさん》が有名ですね」

「そう。御嶽山や中央アルプスや北アルプスに囲まれた木曽谷は山深い。上松《あげまつ》には寝覚《ねざめ》の床《とこ》という奇勝《きしよう》もあるし、野尻宿《のじりしゆく》、妻籠《つまご》宿、馬籠《まごめ》宿などを経て、岐阜県の恵那峡《えなきよう》をはしっている」

「山また山のあいだを、縫《ぬ》って流れる清流のおもむきがありますね」

「木曽は檜《ひのき》でも有名だ。樹齢二百余年という優良材の森林にはさまれた急流でもあるんだ」

「先生はいったことがあるんですね」

「二十年ぐらい前に、妻籠宿と馬籠宿を歩いたが、古い家並みを憶えているだけだ」

「では、私も。忙しい仕事をなんとかやりくりして、ご一緒することにします。日程についてはまた新宿でお会いして、決めましょう」

「あんたは都合をつけなくてよろしい。私は人に気を遣《つか》わず、独りの取材旅行をしたいんだ」

電話は牧村のほうからぷつりと切れた。

「三松屋の六階の売り場から男性用の腕時計を盗んだのは、女だと思います」

サヨコは、窓のほうに目を据えて独り言をいった。

「なぜ女なの」

ハルマキがきいた。

「モテない女か、付合っている男の気持ちをつなぎとめようとしている女だよ」

「盗んだ時計をプレゼントする。もうプレゼントしたかもね。もらった男は六百五十万円もする時計だって分かったかしら」

「高級品だということぐらいは分かったと思う」

「時計をもらった人、これどうしたのって、彼女にきいたでしょうね」

「彼女は、買ったっていったんじゃないかな。社員は何割か安く買えるとでもいって」

「というと、盗んだ犯人は、社員……」

「部外者ではやれない。防犯カメラがにらみを利《き》かしているし」

「社内の人なら、犯人は近いうちに分かるかもね」

「どうだか」

小さな物音がして、入口のドアが半分ほど開いた。ノックもせずに入ってくる人は珍しい。事務所のなかの三人はドアに注目した。腕だけが入ってきて手招きするような動きかたをした。次に頭がのぞいて、背の高い男が黙って入ってきた。かなりの高齢者だ。茶色地にグリーンの格子縞《じま》のジャケットに黒っぽいズボンを穿《は》いている。靴は灰色のスニーカー。その男は、室内を見まわすと人の頭数を確かめるような素振りをしてから、とぼとぼと歩いてソファに落ちるように腰掛けた。

茶屋はデスクに肘《ひじ》をついて、その老人をじっと見ていた。サヨコとハルマキは、恐いものに出会ったように寄り添い、胸に手をあて、「いったいだれなのか」という顔をしている。

老人はソファに寄りかかって二、三度深呼吸をした。

茶屋は、老人の前へ腰掛けた。老人はうつろな目で茶屋を見たが、眠気に襲われたように目を閉じた。

茶屋は老人に問い掛けた。どこからきたのかを。

老人は目を開けると、茶屋の顔をうつろながら真っ直《す》ぐに見て、少し厚めの唇を動かした。彼は茶屋に、『あなたはだれなんだ。どうしてここにいるの』と逆にきいているように見えた。

ハルマキが冷蔵庫のオレンジジュースをグラスに注いで、老人の前へそっと置いた。老人はグラスを鷲《わし》づかみすると、ごくりと音をさせるように飲み、ハルマキの顔を見上げた。まるで懐かしい人に向けるような目つきをした。

老人は認知症なのだろう。茶屋事務所のソファを目にしたとき、そこが公園のベンチにでも見えたのだろうか。

彼は喉《のど》が渇いていた。ハルマキが与えたジュースがうまかったのだ。ジュースをくれたハルマキが身内のように映っているのではないか。

彼がふた口で飲み干したジュースを見てハルマキは、もう一杯飲むかときいた。すると彼は目を細め、頰《ほお》をゆるめた。

ハルマキはべつのグラスに水を注いで彼の前へ置いた。彼はすぐに水を半分ほど飲むと、唇をすぼめて息を吐いた。

茶屋が見たところ、彼は八十代。杖《つえ》もなく歩けるのだから丈夫なほうだろう。茶屋事務所はビルの二階だ。彼は階段を昇ってきた。

茶屋が名前をきいた。すると彼は首をわずかに曲げた。忘れた、といっているようにも見えた。

　昼食の時間が近づいている。

「お腹がすいているでしょうね」

　ハルマキがきいた。彼は返事をしなかったが、焼きそばをつくるといってからだを回転させたハルマキを追うように、立ち上がった。サヨコが彼の通る道を開けた。彼は、炊事場に立ったハルマキの横に並んだ。まちがいなく空腹だ。

「迷い子《まいご》になったんだ。早く家族のもとに帰してあげたい。どこへ連絡したらいいんでしょうか」

　サヨコは炊事場を向いて顎に手をやった。

「警察に相談するのが早道だろうな」

　彼は身元の分かるものをポケットに入れているかもしれないが、そこへ茶屋が手を入れるわけにはいかない。

　茶屋は渋谷警察署に連絡しようとして受話器を持ったが、食事の後にすることにした。

　ソース焼きそばの匂いがただよいはじめた。老人は、ハルマキの手の動きをじっと見ていた。彼は老人ホームのような施設で暮らしていたのではなさそうだ。家族と一緒に住んでいて、炊事をする人をいつも見ているのではないか。いまはハルマキが、家族のように映っているのだろう。

四人は応接用のソファにすわって焼きそばを食べた。老人は一口食べては顔を上げ、三人に向かって目を細めた。彼の手は白くて指が長い。重労働をしていた人ではなさそうだ。シャツの襟《えり》も袖《そで》口も汚れていない。街を徘徊《はいかい》していたのかもしれないが、それは何日も前からではないだろう。

茶屋はあらためて名前をきいてみた。

「じゅうご」

彼ははじめて言葉を発した。「じゅうご」は名字なのか名前なのか分からない。

「どういう字を書くのでしょうか」

茶屋はメモ用紙とボールペンを前へ置いた。

彼はメモ用紙を見たがペンを持たず、箸《はし》を動かし、水を飲んだ。

焼きそばを食べ終えると、彼はハルマキの下脹《しもぶく》れの顔をじっと見つめた。彼女が身内の人か親しい人に似ているのだろうか。

渋谷署に電話すると、十五分ほど経って制服の三人がやってきた。一人は小太りの女性だった。

「おうちへ帰りましょうね」

女性警官は姿勢を低くして老人の手をにぎった。だが彼は立ち上がろうとしなかった。彼女は何度も同じことを話した。「車に乗って、おうちへ帰りましょうね」

彼は、車という言葉に反応したように腰を上げたが、すぐに警官の手を振りほどいてすわり直した。

彼をじっと観察していた年配の警官が、老人のジャケットを脱がした。茶屋たちは、なにをするのだろうと警官のやることを見ていたら、年配の警官が、「あった、あった」とつぶやいた。老人が着ていたジャケットの裏へ縫いつけられていた名札を見つけたのだった。名札はシャツにも縫いつけられていた。

［世田谷《せたがや》区代沢《だいざわ》〇－××－×　青山《あおやま》重吾《じゆうご》　八十九歳　電話番号〇三－〇×〇×－〇〇××］

警官の一人は事務所の外へ出ると電話を掛けた。

サヨコが名札をメモした。

茶屋が仕事にもどり一時間あまりするとドアにノックがあった。ハルマキがドアを開けると、五十代と二十代半ばに見える女性が立っていて、

「ご迷惑をおかけして、申し訳ありませんでした」

と、頭を下げた。

ハルマキは、二人を事務所のなかへ招いた。

「おじいちゃん」

五十代の女性の娘と思われる若いほうが、老人を呼んだ。老人の娘と孫なのだろう。

二人の女性は、青山野々花と美咲《みさき》と名乗って、茶屋にも、サヨコにも、警官たちにも頭を下げた。青山重吾は野々花の義父だといった。

重吾は美咲に手をとられて椅子を立った。けさ五時ごろ、自宅からいなくなったので、所轄《しょかつ》の北沢《きたざわ》署へ捜索願を出したのだという。野々花の話によると、行方不明になったのは今回が二度目ということだった。

茶屋たちは、美咲が運転する車に乗った重吾を見送った。

「青山野々花……」

遠ざかる車を見送りながらサヨコがつぶやいた。

2

二十六年前のことである。

会津野々花は杉並区天沼に住んでいた。そこは彼女の実家。離婚して実家に出もどっていたのだった。ある日、買い物をしてスーパーの外へ出たところへ、赤ん坊を抱いた女性が近づいてきて、「ちょっと電話を掛けますのでお願いします」といって、赤ん坊を押しつけるようにあずけられた。赤ん坊の母親らしい女性は、公衆電話の前で一瞬立ちどまったようだったが、スーパーの中へ入り、それきり出てこなかった。野々花は迷ったが、赤ん坊の可愛《かわい》さに負けて自宅へ連れ帰ってしまう。

彼女はその赤ん坊を五か月ほど育てていたが、家族から、身元の分からない子どもを育てていると後に面倒なことが起きるなどといわれたのと、自分の再婚にもさしさわることを考え、赤ん坊を手放すことにした。横浜の病院に乳児を一時あずかる「ゆりかご」があるのを思いつき、推定の生年月日と名前を「かおり」にして、置き去った。会津野々花は再婚して姓は青山に変わった――

事務所にもどってパソコンの前へすわったサヨコは、「うーん」と唸《うな》って腕組みした。

青山重吾という認知症の義父を引き取っていった青山野々花は、二十六年前、見知らぬ人から赤ん坊をあずかり、五か月ばかり育てたあと、「かおり」と名付けて、横浜の病院の「ゆりかご」に赤ん坊を置き去りにした人にちがいないとみたからだろう。

「他人の家に波風を立てるようで悪いけど、香織の件で野々花さんに会ってみようかしら」

サヨコはハルマキに話し掛けた。

「あなたは、横浜の病院の『ゆりかご』に赤ん坊をあずけましたねっていったら、びっくりして腰を抜かすわね」

「そんなことをしていないって、否定するかも」

「旧姓が会津かどうかを確認する。会津だったら否定できない。……だけど、なんのために会うの」

ハルマキは首をかしげた。

「香織に手紙を書いた人がいる。それがだれなのかを知りたいのよ。もしかしたら野々花さんかもしれない」

手紙を書いた人は、歌舞伎町に酒楽というバーがあることも、その店をやっている人が蝶子という名だということも、元小学校の先生だった人が、蝶子の部屋で不慮《ふりょ》の死をとげたことも知っていた。

事情を知っている人がいても不思議ではないが、朝波香織の生い立ちについても知っていて、彼女の現住所も把握していた。なんのために香織に手紙を書いたのか、その目的は分からない。たぶんその人は、香織が実の親をさがしあてようとしているのを知ったのではないだろうか。手紙には産みの親についてのヒントになるようなことはなにもなかったが、香織がどのようにして他人の手を経て育ってきたかは書かれている。

二十六年前、都会の片隅で女がしてしまった過去を知っている人がいる。その人は一部始終《しじゅう》を見ていたのか、それとも当の女から直接きいたのか。

サヨコは仕事が手につかなくなったらしく、三十分ばかり考え顔をしたり目を閉じたりしていたが、

「香織に知らせておく」

と、独り言をいって、香織に［旧姓会津野々花かもしれない人について情報］とメールを送った。

三松屋は従業員に、勤務中の個人的な連絡を禁じているというから、休憩時間か勤務が終わってから香織はサヨコに返事をしてくるだろう。

「青山野々花さんの話をきいたら、香織はびっくりするよね」

サヨコはメールを送るとハルマキにいった。ハルマキは強くうなずき、

「偶然ってあるものなのね」

と、まばたきしながらいった。

夕方、茶屋がエッセイを書き上げたところへ、香織からサヨコに電話があった。

「不思議なことがあるの。本当に偶然なの。あんた驚くでしょうね」

サヨコは詩を読むようないいかたをした。

サヨコは、青山野々花という人が茶屋事務所へきたことを話した。

「えっ、野々花さんが。新宿の酒楽のママにきいたのかしら」

「そうじゃないの」

サヨコは、野々花の義父である青山重吾が事務所へ迷い込んできたことを話した。

「へえ。不思議な縁ね。野々花さんて、どんな人だった」

「すらっと背が高くて、きれいな人だった。お義父《とう》さんは認知症だけど、野々花さんと美咲さんていう娘さんの服装から、ある程度恵まれた暮らしをしているようだった。……あんたを何か月か育てていた人じゃないかと思うけど、確実にその人だとはいいきれない」

「確実に私を育てた人かを、確認する方法はあるの」

「戸籍を見れば、旧姓が分かるけど」

「知りたい。短い期間でも、わたしを育ててくれた人だったら、会いたい」

「酒楽の女将は、産みの親をさがさないほうがいいっていったけど……」

「本当にわたしは親を責めるつもりはない。朝波の両親から大事に育てられたのだもの。ただ産んだ人がどんな人で、どんな理由でわたしを手放したのかを知りたいだけ」

電話を切るとサヨコは茶屋に、青山野々花の戸籍を見てもらいたいといった。

「じゃあ、藤本《ふじもと》先生に頼もう。酒楽のママのいったことも分かるけど、私は香織さんの産みの親に興味がある」

茶屋事務所と同じ道玄坂《どうげんざか》にある藤本弁護士事務所へ電話した。女性職員が歯切れのよい声で応答した。

茶屋は、世田谷区代沢の青山野々花の住所を告げ、彼女の旧姓を知りたい旨を伝えた。

その回答は翌日あった。

野々花の元の姓は「田口《たぐち》」。会津姓の人と結婚したが三年後に離婚。離婚後も会津を名乗っていて、その後青山修一郎《しゅういちろう》と婚姻《こんいん》となっていた。

したがって、香織の自宅ポストに投函《とうかん》された手紙に書かれている会津野々花は、昨日茶屋の事務所を訪れた青山野々花にまちがいないことが分かった。

このことをサヨコが香織に電話で伝えた。

香織は、野々花に会うかやめるかを一晩考えるといったが、次の日、

「やっぱり会いたい。会いたい気持ちを呑《の》み込んだままでいたくない。野々花さんは、過去を振り返って、苦しい思いをするかもしれないけど、わたしには彼女を責める気はまったくないのよ」

香織は野々花に会う仲介をサヨコに頼んだ。

サヨコは香織の頼みを快く請けたわけではないだろうが、ひとつ深呼吸して青山家に電話を入れた。

「青山でございます」

野々花が落着いた声で応じた。

サヨコが名乗り、会いたいのだがというと、

「あらためてお礼にうかがうつもりでおりましたが、なにか……」

と、野々花は声をひそめた。

「お会いして、お話をさせていただきたいことがあります」

サヨコは重々しい話しかたをした。

「どんなことでしょうか。……義父《ちち》に関することなんですね」

野々花は警戒するような声に変わった。

「いいえ、ちょっとべつの。とにかくお目にかかってお話しします」

野々花は、「なんでしょう」と戸惑ったようだが、どこで会うのかときいた。

サヨコは、自宅を訪ねるつもりだがよいかといった。

野々花は小さな声で、「どうぞ」と答えた。

サヨコは香織に休みの日をきいた。十一月五日が休みとのことだったので、午後一時に渋谷駅前で落ち合って、世田谷区代沢の青山家を訪ねることにした。

「先生も一緒にいってください」

サヨコは茶屋にあらたまったいいかたをした。

「……三人でいくのは仰々《ぎょうぎょう》しい。何事かと身構えるんじゃないか」

「先生は証人です。わたしたちがなにをきいて、野々花さんがどう答えるかを、見ていて欲しいんです。香織にとっても、野々花さんにしても重要な問題なんです。それとこんなことはめったにありません。野々花さんがどんな反応を見せるかは、先生の今後の仕事に役立つと思います。ですので……」

サヨコは押しつけてきた。

青山野々花に会いにいく日の午後は風が出てきた。冬が近づいているのを知らせるように雲が低くて寒い日になった。

香織は黒いコートの襟を立てて、ハチ公像の前で待っていた。サヨコの後ろに茶屋がいたので、彼女は一瞬意外そうな顔をした。その表情を読み取ったサヨコは、茶屋が同席する理由を話した。

青山家は、京王井《けいおうい》の頭《かしら》線の池ノ上《いけのうえ》駅から歩いて十分ほどの住宅街にあった。近くに学校のグラウンドがあるらしく、掛け声がきこえていた。

香織が「青山」という表札を見つけた。その家は生け垣に囲まれ、濃い緑の葉をつけた植木が枝を伸ばしていた。木造の門柱に張り付いているインターホンのボタンを、サヨコが押した。すぐに女性が応え、玄関ドアが開いた。つっかけを履《は》いて門へ出てきたのは、グリーンのカーディガンを羽織《はお》った青山野々花だった。彼女は三人を見て目を丸くした。

門を入ってから野々花が、

「先日はご迷惑をお掛けいたしました」

と、三人の顔色をうかがいながら頭を下げた。

彼女は、窓にステンドグラスがはめ込まれている洋間へ招いた。

サヨコが朝波香織を紹介した。野々花はおじぎをしただけだった。

「お義父さんは、どうしていらっしゃいますか」

茶屋が野々花にきいた。

「奥の部屋でテレビを観ています。起きているあいだはテレビをつけっ放しにしているんです」

昼間は重吾と二人きりのようだ。

彼女はすぐにお茶を出した。

「古いことをお話しします」

サヨコが切り出した。

野々花はサヨコの顔をじっと見ている。なにを話すのかと身構えていた。

「奥さんは、ご結婚なさる前、杉並区天沼にお住まいでしたね」

サヨコは低い声できいた。

野々花は声を出さず、わずかに首を動かした。

「お住まいの近くのスーパーの前で、見ず知らずの女性から、『電話を掛けるので、ちょっと』といわれ、抱いていた女の赤ちゃんを押しつけられたのではありませんか」

野々花の顔は血が引いたように蒼《あお》ざめた。彼女は数秒のあいだ返事をしなかったが、

「いいえ」

と、首を二、三度振った。

「奥さんは、その赤ちゃんをご自宅へ連れていかれた。どこへ届けようかと思案なさったでしょうが、可愛かったのでミルクを与えた。……それからは毎日、赤ちゃんをどうしようかと考えていらっしゃったが、なかなか手放すことはできなかった。ご家族の方は、後のち面倒なことが起こるのではと心配なさった。……さんざんお考えになった末、五か月

という長い間どこへも届け出なかったこともあって、横浜の病院のゆりかごへあずけることに決めて、手紙を添え、赤ちゃんに『かおり』と名付けて、お別れをなさった」

サヨコは、じっと野々花の顔を見て、低い声で、ゆっくりと話し、ちがっている点があるかときいた。

野々花は唾《つば》を飲み込んで胸を撫《な》でると、首をゆっくり振って、

「わたしのことではありません。人ちがいです」

と答えて横を向いた。

サヨコは香織を指して、「ここにいるのが、あなたが手放したかおりです。二十六歳になりました」といった。

香織は胸で手を組み合わせ、野々花に礼をいうように頭を下げた。

野々花は気を取り直したように背筋を伸ばし、

「どんなお話なのかと思っていましたけど、人ちがいです。わたしは、知らない人の赤ちゃんをあずかったことなどありません」

と、視線をやや下に向けていった。

「そうですか。お気を悪くなさったでしょう」

茶屋がそういって、サヨコは香織を促した。

サヨコが茶屋になにか問い掛けようとしたが、彼は首を横に振って立ち上がった。

3

翌日、きのうとはうって変わって空が澄みきった午後、青山野々花が予告なく茶屋事務所へやってきた。

彼女はドアを一歩入ると、

「きのうは、失礼いたしました」

といって、深く腰を折った。

「こちらこそ、失礼なことをうかがいまして……」

サヨコが椅子を立った。

ハルマキが野々花にソファをすすめた。

野々花がすわるのを待って、茶屋が彼女の正面へ腰掛けた。

彼女は、予告もせずに訪ねたことを詫《わ》びてから、

「きのうは突然のお話でしたので、わたしは気が動転して、嘘《うそ》をついてしまいました」

と、テーブルの端に視線をあてるようにしていった。

サヨコが茶屋の横へ腰掛けた。

野々花はサヨコに顔を向け、「二十六年前のあの日、横浜の病院へいきました」と話しはじめた。

「きのう、江原さんがおっしゃったとおり、わたしはスーパーの前で、知らない女性から赤ちゃんをあずかりました。あずかったというより、押しつけられたというか。一時は、その赤ちゃんを育てようと思ったのですが。けど、自分の都合で、手放すことにしました。赤ちゃんの行く末より自分のことを優先させたんです。……きのう、わたしが手放した赤ちゃんが、二十六歳の朝波香織さんになって、目の前にあらわれたので、わたしは目まいを起こすほど驚きました。香織さんになんといって謝ればいいのかって……」

野々花は、バッグから水色のハンカチを取り出した。

「わたしたちは、野々花さんを責めるためにお邪魔したのではありません。あなたのことを書いた手紙を香織宛てに出した人がいるんです」

「手紙ですか」

「三年ほど前、香織が住んでいるマンションのポストに投げ込まれていました。その手紙には、新宿の酒楽という酒場のことも、あなたのお父さまのことも書いてありました。……香織が本当に知りたいのは、その手紙を書いて、彼女に読ませようとしたのはだれなのかということです。もしかしたら、野々花さんではとも思ったんです」

「わたしではありません。わたしは、あの時の赤ちゃんが朝波香織さんになっていることも、彼女の住所も知りませんでした」

「酒楽をよく知っている人という気がしますが、見当はつきませんか」

野々花は、「さあ」といって瞳を動かした。

サヨコは野々花を観察するような目をしていたが、

「二十六年前、赤ちゃんをあなたに押しつけた女性のことを、憶《おぼ》えていますか」

と、穏やかな調子で尋ねた。

「三十歳ぐらいではなかったでしょうか。ジーパンを穿いていたのだけは憶えています。なにか急に心配なことでも起こったように、わたしに駆け寄ってきたことも……」

野々花は、首をかしげたり目を瞑ったりしていたが、腕の時計をちらりと見て、立ち上がった。

「あなたが外出されているとき、お義父《とう》さんはどうしているんですか」

茶屋がきいた。

「人を頼んでいます。近所の主婦の方なんです。義父《ちち》はその人とはよく話をしていますし、その人のいうことをきいています。わたしとはめったに話さないし、わたしのいうことを無視するのに、不思議ですよね」

茶屋は家族のことをきいた。会社役員の夫と、渋谷区神宮前《じんぐうまえ》で小規模の縫製《ほうせい》業に勤めている美咲の四人暮らしだと答えた。茶屋は平和な家庭に波風を立ててしまったような気がした。

野々花は時間が気になるらしく、また時計に目を落としてから深々とおじぎをして出ていった。

彼女は、香織宛てに手紙を書いた人がだれか気になっているだろう。その手紙が存在しなかったら、香織は野々花の手のなかで五か月間をすごしたことを知らなかったはずである。野々花のほうは、二十六年後に、成長した香織と対面することもなかっただろう。きのうからきょうにかけての野々花は、香織から責められているような気がして何度も胸を痛めたのではないか。彼女は、二十六年前の五か月間、名前も知らない赤ん坊を抱えていたことを、夫にも娘にも話せなかったのだろう。話をすれば、その赤ん坊をどうしたのかときかれる。横浜の病院が設けている「ゆりかご」にあずけたと告白すれば、だれもが、「赤ちゃんが可哀相」というだろう。野々花は、身勝手で薄情な女にされるのだ。いや、見ず知らずの女性から赤ん坊を押しつけられたというのは虚言《きょげん》で、じつは自分が産んだ子ではないかと受け取る人もいるかもしれない。もしもそれが夫に知れたら、子どもを産んだことをいままで内密にしていたのかと、人柄を疑われそうでもある。

「香織に宛てて手紙を書いた人のことを、野々花さんは危険とみているんじゃないかしら」

サヨコはパソコンの前へもどると独りごちた。

「どう危険なの」

ハルマキがサヨコのほうへ一歩寄った。

「その人、野々花さんにも……いや、ちがう、野々花さんの夫か娘に手紙を送るっていうことも考えられる。……他人の秘密をバラすというか、人に伝えたいっていう、ヘンな性格の人がいるような気がする」

「どういう暮らしをしている人かしら」

ハルマキはまた一歩サヨコに近寄った。

「なにをやってもうまくいかない人。苛々《いらいら》がつのるので、他人を不幸に導こうとする。知っている人の秘密をあばく。……人の不幸は蜜《みつ》の味っていうじゃない。人が困って、苦しむ姿を見たいのよ」

「そんな人、わたしの知り合いにはいないと思うけど……」

「ハルマキは、あっけらかんとしていて、たいていの人は秘密にすることでも、平気でさらけ出しちゃう。あんたは苦しまない女だから面白くないのよ」

「わたし、なんだか、空《から》っぽの女みたい。サヨコには秘密があるの」

「あったとしても、秘密があります、なんて答えられるわけないでしょ」

サヨコは、画面の埃《ほこり》でも払うようにパソコンに息を吹きかけて、コトコトと仕事をはじめた。

茶屋は、木曽川取材に出発するにあたって、源流に近い長野県木祖村や奈良井宿にある木曽の大橋などをメモしていた。洗馬宿で分かれる善光寺《ぜんこうじ》西街道に沿って奈良井川の流れがある。三松屋の宇垣好昭の遺体が発見されたのが塩尻市洗馬の奈良井川だった。

奈良井川は、木曽山脈主峰の駒ヶ岳《こまがたけ》の北方が源流だ。北側へ流れ出て、松本《まつもと》市平瀬《ひらせ》付近で梓川《あずさがわ》に合流する全長約六一キロ。木曽川は南へ下っているが、奈良井川の行く方向は木曽路とは逆であった。

ドアへのノックが五つか六つ響いた。ノックというのは、「入りますよ」というサインで、たいてい二つか三つである。五つも六つもすると大事件の知らせのようにきこえなくもない。

ドアをいくつも叩いたわりに、ドアはゆっくり開き、ミカンのような色の腕がのぞいた。その色を見ただけでだれなのかが分かった。

牧村は、このミカン色のジャケットがお気に入りらしく、ちょくちょく着ている。もしかしたら妻君《さいくん》の好みなのか。

「やあ、いましたね。いいお天気に誘われて、渋谷の繁華街でもふらふらと歩いて、たまには若いコに声を掛けたりしているんじゃないかと思っていましたけど、茶屋先生は貧乏性なんですね」

「週刊誌の編集長が、作家に対して、貧乏性はないだろ」

「見たとおりのことをいっただけです」

「用事は」

「木曽川取材の打ち合わせです」

「私は、あした出発しようと思っている」

「えっ。それはまた急に。私の都合をきいてからにしてくれなくては」

「私は独りでいくんだ。独りのほうが自由に動ける。あんたは私の取材の補佐をするようなことをいってるけど、役に立ったことはただの一度もない。珍しいところでの夜の飲み食いを楽しみたくて、くっついてくるだけじゃないか」

「なんということを。私はいった先々で、不案内で方向おんちの先生に、あっちだ、こっちだってアドバイスしていたじゃありませんか。……で、木曽路をどんなふうに歩くつもりですか」

「塩尻までは列車。駅前でレンタカーを調達して、木曽川に沿う中山道を南下する。……どうだ。あんたはリュックを背負って、独りで伊勢湾まで歩いてみては」

「な、なんということを。私は先生の取材のお手伝いをするんですよ。途中、何度も食事をしなくてはならないし、何泊か……。木曽路には昔の宿場がいくつもあります。いまでも宿屋《やどや》はやっているんでしょうか」

「宿屋とは古風な呼びかただが、宿場には似合っている。現在は旅館や民宿として営業している家が何軒かはあるらしい」

「先生は、いびきをかきますか」

「なんだね、いきなり。私は自分のいびきをきいたことがないので、分からないよ」

「古い街の民宿というのは、六畳の部屋に二人が寝るといった具合です。そこで品のよくないいびきや、歯ぎしりなんかきかされたら、眠れなくなります」

牧村は木曽路への同行を本気で考えているらしい。

「木曽路には、たくさん宿場があるんですね」

と、サヨコが一覧を茶屋の手にのせた。

「塩尻側から、贄川宿《にえかわしゅく》、奈良井宿、藪原宿、宮ノ越《みやのこし》宿、福島《ふくしま》宿、上松宿、須原《すはら》宿、野尻宿、三留野《みどの》宿、妻籠宿、馬籠宿の木曽十一宿」

そのうち北から二番目の奈良井宿は、かつて奈良井千軒といわれ木曽路一の賑《にぎ》わいを見せていたという。宿場が多いというのは、それだけ道中の山越えの道が険しかった証《あか》しだろう。

「木曽五木《ごぼく》というのを知っているか」

茶屋が牧村にきいた。

「知りませんが、食い物ですか」

「木曽の山林の良木。ヒノキ、サワラ、アスナロ、コウヤマキ、ネズコ」

「ほう。どこで覚えたんですか」

「ずっと前に、ものの本で読んだんだ。木曽のヒノキは実生《みしょう》といって種子から生えたもので、植樹した造林木とは決定的にちがう。厳しい環境で育ったので木目が緻密《ちみつ》で、特有の香気と光沢があるんだ。それで伊勢神宮の御神木《ごしんぼく》に指定されている。身近な物といえば風呂用の桶《おけ》や漬け物の樽《たる》かな」

牧村は、あくびをこらえたので、茶屋は木曽とヒノキについての話を打ち切った。

4

朝八時に新宿を発《た》つ「スーパーあずさ5号」に乗った。

発車の六、七分前にボトルのお茶を買って乗車した。牧村とは並びの席だが彼はまだ着いていなかった。座席は七割がた埋まった。

発車のベルが鳴りはじめたが、牧村はあらわれない。寝坊だ。この列車には間に合わなかったにちがいない。指定券が無駄になった。と、思ったところへ、

「先生。おはようございます」

と、後ろから弾《はず》んだ声が掛かった。

牧村は荒い息をしていた。額には汗がにじんでいる。発車まぎわにべつの車両に飛び乗って、指定席にたどり着いたのだ。

座席にすわった彼は、テーブルに白い袋を置いた。胸を撫で下ろすと、おもむろに袋のなかから弁当を取り出した。自宅で朝食を摂《と》っている時間がなかったのだろう。彼は妻に列車の時刻を告げておかなかったのか。ではなく、告げていたし、朝食もととのっていたのだが、彼がなかなか寝床をはなれられなかったのではないか。

奈良井宿の心安らぐ街並みが待つ

建物の背に迫る山からの水が植物を潤す

美しい弧を描く、木曽の大橋

「ゆうべ寝るのが遅かったのか」

音をさせて弁当を食べはじめた牧村にきいた。

「ゆうべは、鬼龍院《きりゆういん》先生と新宿で一杯飲《や》ったんですが、先生がなかなか腰を上げないもんで、こっちもついつい深酒になって……」

鬼龍院秀康《ひでやす》というのは呼吸器内科の医師でありながら小説を書いている。二、三年前、新聞に連載した小説が話題になった。四十代の中小企業の経営者の男が十九歳の女性に惚《ほ》れて妻子を棄て、彼女をさらうようにして瀬戸内海の小島に住むことにした。島では小さな家と畑を借り、自給自足の暮らしをする。二人は夜な夜な濃密な愛撫《あいぶ》を繰り返す。この秘めごとのシーンが読者の心を摑《つか》んだのだった。茶屋も生唾を飲みながら読み、その描写の巧《たく》みさに舌を巻いた。

ゆうべの牧村は酒は飲んだが食事はいい加減だったのか、弁当を一気に平《たい》らげ、ボトルのお茶を飲み、腹をさすった。

ワゴン車がまわってくるとコーヒーを買った。窓側の席の茶屋の前へペーパーカップのコーヒーを置くと、牧村はブラックで飲み、なにも喋らず、そのまま腕を組んで目を閉じた。睡眠不足を取り返そうとしているふうだった。

曇《くも》り空の下を列車は一時間半で甲府《こうふ》を過ぎ、上諏訪《かみすわ》で諏訪湖をちらりと見せて、十時二十七分、定刻に塩尻に着いた。茶屋は牧村の肩を揺すって目覚めさせたが、放っておけば終点の松本までいき、乗務員に起こされたにちがいない。

「もう塩尻ですか。あっという間ですね」

牧村は、網棚へ上げたバッグも忘れそうだった。

茶屋は、リュックを背負うと黙って列車を降り、改札口を通過した。牧村はなにかいいながら追いすがるようについてくる。

レンタカーを調達した。白っぽい小型の新車だ。奈良井川に沿って中山道を南へ走った。

洗馬駅の近くにパトカーが一台とまっていて、制服警官が立っていた。どうやらそのあたりが宇垣好昭が遺体で発見された現場のようだ。百メートルほど走って川をのぞいた。河原の白い石が薄陽《うすび》をはね返しているだけだった。

助手席の牧村は、荷物と化《か》したように目を瞑って動かないし、ものもいわなかった。

国道十九号はすいていた。道路の脇に［是《これ》より南　木曽路］の碑《ひ》が建っていた。贄川宿を経て、すぐにヒノキの並木があらわれ［木曽路奈良井宿］の大きい屋根付きの碑が据えられていた。近寄って見ると「文部省選定重要伝統的建造物群保存地区」と白い字で書いてある。

古びた木造の二階建ての家並みがあらわれた。千本格子や蔀戸《しとみど》、鎧庇《よろいびさし》、猿頭《さるがしら》といった造りの家屋が多い。どの家も間口が狭くて奥に長い。これは街道沿いのわずかな平地を確保するためだったようだ。鎧庇の店へ近寄ってみた。庇を細い金具で吊り上げている。盗賊がのるとすぐに落ちる仕組みになっていた。

以前は旅籠《はたご》だったのだろうが、いまは商売替えをして、みやげ物店、そば屋、喫茶店、漆器《しっき》店、菓子店、櫛《くし》店、下駄の店などになっていて、暖簾《のれん》を垂らしている店もあるが、旅籠行灯《あんどん》が置かれているところが郷愁《きょうしゅう》を誘う。

茶屋は家並みをゆっくり見て歩いたが、牧村は五、六歩すすんでは立ちどまっていた。眠気が完全に消え去っていないらしい。が、茶屋の後方で大声を上げた。振り返ると手招きしている。なにかを見つけたらしい。

「なんだ……」

牧村が指差したのは水場だった。積んだ石のあいだの竹筒から水が流れ出ていた。丸太を削った容《い》れ物にそそいでいる。柄杓《ひしゃく》があったので一口飲んでみた。

十人ほどの観光客がやってきて、「冷たい」といって水を飲んでいた。

茶屋と牧村は床几《しょうぎ》に腰掛けた。小腹がすいたので五平餅《ごへいもち》を食べたくなったのである。くるみに甘味噌《あまみそ》のと黒ごまに甘味噌。どちらも二つずつ串に刺してある。食べながら振り向くとねずこ下駄の店で、色どりが美しい鼻緒《はなお》が並んでいた。

奈良井川に架かる木曽の大橋を渡った。観光用に建造した橋脚《きょうきゃく》を持たない総ヒノキ造りの太鼓《たいこ》橋である。川は山裾《やますそ》を洗うように流れていた。川に沿って国道十九号がはしり、JR中央本線が通っている。

カップルの観光客が何組か歩いているが、団体客が去ったあとの宿場は閑散として、冬が近づいていることを知らせるような冷たい微風が街道を撫でていった。

また水場があった。冷たい水のなかへカエデの紅い葉が舞い込んでいた。

櫛を整然と並べた店から出てきたらしい猫が、道の中央で一瞬立ちどまってから、ゆっくりと路地へ消えていった。

木曽川に沿って藪原、本陣《ほんじん》跡のある宮ノ越をすぎ、中山道中間点（江戸、京都双方から六十七里二十八町＝二百六十六キロ）の碑を横目に入れて、福島宿へと近づいた。家数が多くなり、川が谷間の深いところを流れるようになった。

巨大な関所門があらわれた。ここには番所が復元された福島関所資料館が断崖《だんがい》の上に建っている。木曽川の左岸側からは人家の密集した地域が一望できた。昔は板葺《ぶ》きで石おき屋根だった家々が、いまは瓦《かわら》葺きになり、三、四階建てのビルもあった。昭和二年に大火が起こり、その後は風景が一変してしまったという。

茶屋と牧村は資料館の前から、真下の中山道と木曽川を見下ろした。川の流れは疾《はや》く、ところどころで白い波頭をつくっている。

この福島には崖屋《がけや》造りという一角が残っている。道幅を少しでも広くしようとの工夫かららしいが、ぎっしりと棟《むね》を並べた家々の端が川岸を越えている。はみ出した部分を石垣と柱で支えているのだ。

対岸側の山を眺めていた牧村が、

「まるで空気が緑色をしているようですね」

といった。濃緑の斜面のなかに点々と紅い部分があって、そこを白い煙のような薄霧が流れていた。

二人は、大手橋近くの「きのした」という旅館へ入ってみた。土間を入ると天井からオレンジ色の電灯が垂れ下がっていて、板の間を静かに光らせていた。物音も人声もしていない。小さな棚の上にベルのボタンを見つけ、それを牧村が押した。

女性の声がして、足音が近づいてきた。格子縞《じま》のシャツに毛糸のベストを重ねた三十半ば見当の女性が出てくると、板の間に正座した。色白の器量よしだ。予約をしていなかったが泊まれるか、と牧村がきいた。

深緑の山に挟まれた中山道最大の関所、福島の関

川にはみ出すように建てられた崖屋造りの家々が並ぶ

女性は目を細めると、

「どうぞ、お上がりください」

といってスリッパをそろえた。

案内された部屋は二階で、広い窓からは木曽川が真下に見え対岸が展《ひら》けていた。部屋の中央に据えてある座卓は大きく、赤茶色をしていた。

「ただいま、お茶を持ってまいります」

彼女はそういいながら、テーブルの端に宿帳を置いた。

「ここは、福島町では最高級の旅館らしい」

茶屋が床の間の掛軸《かけじく》を見ながらいった。かなりの年代物らしい軸には、毛筆の文字が流れるように書かれているが、読めなかった。ただ下のほうに小さな蛙《かえる》が一本線の上に描かれている。一筆書きの墨《すみ》の線は河原の岩のようである。

牧村も掛軸を見つめたが、読めないといった。

「先生。この雰囲気だと、ビールでなく日本酒ですね」

低く落着いた声がしてさっきの女性がお茶を運んできた。小皿にはそばまんじゅうと栗まんじゅうがのっていた。

牧村は、まんじゅうを、「旨《うま》い、旨い」といって食べ、濃い色のお茶を、「これも旨い」

といって飲んだ。

対岸の家々に灯《ひ》が入りはじめた。ガラス戸を少し開けると、風がびゅうと入ってきた。それは冬間近を感じさせる冷たさだった。

「露天風呂は川沿いにございます。仕切りに岩を並べてありますけど、それを乗り越えないようにお願いします」

女性は微笑しながらいった。その言葉には少しも訛《なまり》がないことに気付いたので、

「あなたは、木曽の生まれではないようだが」

と、茶屋はきいた。

「五年ほど前まで東京暮らしでした」

五年前に初めて木曽路を歩いた。そのときこの旅館に泊まり、馬籠までいって引き返し、あらためてこの旅館に立ち寄った。そのときここの老いた主人に後継者がいないという話をきいた。

東京へ帰ってから、主人の話を思い出し、考えた末に、雇ってもらえないかと手紙に書いた。主人からは折り返し返事がきて、冬は厳しい土地だが、その気があるならぜひ勤めてもらいたいと書いてあった。彼女はまたここへやってきて、主人夫婦に会って採用してもらった、と語った。

「あなたは独り暮らしだったんですね」

「独りでした」

彼女は顔を隠すように頰に手をあてた。

「わたしは、東京の上野《うえの》で、革製品の工房を友だちとやっていました。その工房を友だちに譲って、ここへきたんです」

彼女はなにを思い出したのか、暮れなずむ景色が浮かぶ窓のほうへ顔を向けた。

共同経営の工房を友人に譲ったというが、木曽へくるにはそれなりの事情があったにちがいないと思った。しかし、それ以上はきけなかった。

彼女は、テーブルに置かれている宿帳を手にとった。腰をあげかけたが、

「茶屋次郎さんですか」

と、二人が記入した宿帳に目を落とし、

「あの、週刊誌に旅のお話をお書きになっていらっしゃる、茶屋さんですか」

と、目をいっぱいに開いた。

茶屋は笑顔をつくってうなずくと、彼女の名をきいた。

「文加《ふみか》」だが、「ふみ」と呼ばれていると答えた。

「茶屋さんはね、今度は木曽川沿いを歩いて……。そこで……」

牧村はなにをいおうとしたのか、頭を押さえて首を左右に曲げた。

「わたしはずっと前に、たしか、四万十川《しまんとがわ》と、九州の川のお話を読みました」

「茶屋さんは、信濃《しなの》梓川も京都の川も、取材して。……茶屋先生が取材に歩くと、なぜかその土地で重大事件が起きるんです」

「そうでした。重大事件の解決に一役買われたのではなかったでしょうか」

彼女は左右の頰に手をあてた。

「そうです。先生は、見かけによらず、事件の真相を見抜く能力を持っているんです」

彼女は、眉を寄せてはっと小さく口を開けると、あとでゆっくり話をきかせてください、といって、宿帳を胸にあてて部屋を出ていった。

風呂に入ることにした。大風呂からガラス越しに露天風呂が見えた。ヒノキ造りの屋根があって円形の湯ぶねは丸い石で囲まれていた。川沿いには岩がいくつも並んでいる。文加がまたぐなといった岩だった。

冷たい風が吹き抜けていたが、首まで湯に浸《つか》っていると顔に触れる風の冷たさがここちよい。

「さっきの女性を見て、なにかを感じなかったか」

茶屋は葉を落とした樹々を向いていった。

「東京で仕事をしていたのに、この木曽の旅館で働くことにした。ここには不似合いな垢《あか》抜《ぬ》けした人でしたね。五年前にここへきたというから三十歳ぐらいのときでしょうか。……もしかしたら失恋か離婚で、都会暮らしが嫌になったんじゃ」

「そうだな。彼女にとっては重大な動機があったんだろう。もしかしたら、この旅館の後継者になるという約束ができていたということも」

「そうでしょうか。もしも後継者になるとしたら、現在の経営者の係累《けいるい》の承諾が要《い》るでしょうね。現在の経営者には子どもがいないのかな」

二人の額には汗が浮いた。湯ぶねを出て冷たい石に腰掛けていると、力士のような体格をした男が一人、露天風呂へ入ってきた。湯があふれ、床に湯気が上がった。

食事は一階の衝立《ついたて》で仕切った部屋で摂ることになった。すでに二組のカップルが食事をはじめていた。

喉が渇いていたが牧村の希望で初めから日本酒にした。文加は木曽の酒の名を三つ挙げた。

「『おんたけさん』がいい」

牧村が笑いながらオーダーした。

すぐに運ばれてきた酒は、辛口だった。

文加は、料理を運んでくるたびにそれを説明してくれた。

「これは、この地でみなさんが『おかず』といって召し上がっている野菜の盛り合わせです。こちらは『おたぐり』といって、木曽や伊那《いな》の郷土食で、馬のモツ煮です。こちらは、信州のリンゴを食べて育った和牛のすき焼き。それからこれは、木曽開田《かいだ》高原のそば粉で、オヤマボクチをつなぎにして打ったおそばなんです」

オヤマボクチとは、ヤマゴボウとしても知られ、アザミに似た花を咲かす。

牧村はすぐにそばの器を持った。黒っぽい色をしたそばの丈《たけ》は短く、ぼそぼそとしていたが、茶屋も一口食べると、

「これは旨い」

といって、文加の顔を仰いだ。

茶屋はどこへいっても地元の漬け物を食べることにしている。ここの漬け物は山ごぼうと細いにんじんだったが、舌にはりつくような珍しい葉が漬け込まれていた。それを文加にきくと、桑《くわ》の葉だといった。どこかで桑の葉の天ぷらを食べたことがあったが、味は記憶に残っていなかった。

衝立の向こうに力士のような体格の男がすわった。その男は大きなジョッキでビールを飲んでいた。

今夜の宿泊客は四組だと分かった。高校生ぐらいの女のコが手伝いをしていた。調理場には年配の夫婦がいるのだろうが、客の前へはあらわれなかった。

牧村は、清酒のおんたけさんを三、四杯飲んだ。そのうち上体が左右に揺れるようになった。

「先生」

「なんだ」

「先生は、なんにもしないんですね。風呂に入って、酒を飲んで、旨い物を食ってるだけじゃないの」

牧村のこの科白《せりふ》は、新宿で何回もきいていた。茶屋は黙って山菜ごはんを軽く食べ、箸を置いた。

5

茶屋は翌朝六時に目覚めた。牧村は、ばんざいの格好をし寝息をたてていた。

そっと旅館を抜け出て、古い家並みの残る宿場を見て歩いた。ここにも水場があって、二つの口から勢いよく流れ出ている冷たい水を手ですくって飲んだ。

山中から湧《わ》き出たような灰色の雲が東へと流れ、薄陽が差してきた。

川沿いを一時間ほど歩いて宿にもどると、牧村は布団の上にあぐらをかいて目をこすっていた。

カブの菜を発酵させた「すんき漬け」と鮎《あゆ》の塩焼きが朝食だった。牧村は、味噌汁が旨いといってお代わりをした。

「先生。きょうはいいお天気になりそうです。久しぶりでしたが、茶屋先生との旅行は楽しいですね」

昨夜は、飲み食いするだけでなんの役にも立たないようなことをいったのに、けさは人がちがったようである。

きょうは上松町の木曽の桟《かけはし》を見る、といって、旅館の老夫婦と文加に見送られて車を出した。

「木曽の桟って、なんですか」

けさは牧村が運転している。

「昔は、中山道屈指《くっし》の難所といわれていたところだよ」

現在は赤い鉄橋が、ごろごろとした岩を露出させた木曽川をまたいでいる。かつては丸太の柱で、長さ約百メートルの崖に組み込まれていたのだという。崖の上に妙な穴が開いているが、それが角材をはめ込んだ石穴の跡なのだろう。芭蕉《ばしょう》の句碑が立っていた。

「桟や命をからむ蔦《つた》かつら」

川の流れは緩やかになり、青緑色をしていた。

「次は、臨川寺《りんせんじ》の寝覚の床だ」

そういって走り出したところへパトカーが入ってきて、茶屋たちの道をふさいだ。警官が二人降りてきて、

「一一〇番通報したのは、あなたがたですか」

と、長身のほうがきいた。

「通報なんてしていませんよ」

牧村が答えた。

警官は、なにをしているのかと茶屋と牧村の風采《ふうさい》を確かめるような目をして、車のなかを見まわした。

雑誌に木曽の紀行文を書くための取材にきているのだ、と茶屋が助手席から答えた。

「川を見ましたか」

警官の目は光っている。

「見ました」

「なにか浮いていましたか」

妙なことをきくものだと思ったが、流れの淀《よど》む川を見下ろしていただけだと茶屋は答えた。彼は、なにがあったのかと、逆にきいた。

「ヘンな物が川に浮いていると、通報が入ったんです」

「ヘンな物とは……」

「浮いているのは人間らしいと」

「えっ。ひと……」

茶屋は車を降りた。

警官は茶屋の全身を検《しら》べるように見てから、住所と氏名と電話番号をきいた。茶屋は正直に答え、牧村も氏名と所属を答えた。警官はパトカーへもどり、走り去っていった。

川をはさんでいる山が突然迫ってきたようにあたりが暗くなり、大粒の雨が落ちてきた。雨の降りかたは次第に激しくなり、音を立てて地面を叩き、しぶきを上げた。前方が見えにくくなったので、上松駅のすぐ近くに車をとめた。牧村はハンドルをにぎったまま、異様な降りかたの雨に怯《おび》えているように口を利かなかった。

駅舎から大きいバッグを持った女性が出てくると、桶の底が抜けたような天を恨んでいるような表情をした。その女性は幼い子どもを連れていた。男の子のようだ。子どもも激しく降る雨に怯えるように、母親らしい女性の手にすがりついている。女性は妊娠しているようだ。臨月《りんげつ》が近づいているのか腹が突き出ていて、片方の手で腹部をさすっていた。女性と子どもは、迎えの車の到着でも待っているのか、何度も駅舎から出たり引っ込んだりしていた。十五分ほど経った。駅舎の入口で子どもと手をつないでいた女性が、急にしゃがみ込んだ。

「からだの具合が悪くなったんじゃないのか」

茶屋がいった。

「そうですよ、きっと」

牧村は駅舎の正面へ車をとめた。駅には列車がとまっていた。豪雨のために運転を見合わせているらしい。

車を降りた茶屋は、しゃがんでいる女性に声を掛けた。彼女は顔をしかめて腹をさすった。

駅員を見つけ、近くに病院があるかをきくと、町の診療所があると教えてくれた。そこへ電話しようとしたが、駆け込んだほうが早いと思い直して、彼女と子どもを車に乗せた。

彼女は唸り、荒い息を吐いた。もしかしたら分娩《ぶんべん》が迫っているのではないか。

桟《かけはし》とは、絶壁に沿って渡された木の橋のこと

寝覚めの床は、蒼い淵とそそり立つ巨岩が絶景を織りなす

彼女はスマートフォンを取り出すと電話番号を表示させた。それは夫の番号だという。その番号へ茶屋が掛けたが留守電になっていた。

町の診療所に着いた。彼女はすぐにベッドに寝かされた。子どもはベッド脇へ張り付いた。彼女の夫は大手ゼネコンの社員で、河川の土木工事の調査に一月ほど前から木曽へきていることが、彼女の途切れ途切れの話で分かった。夫の出張先近くに旅行がてら滞在しようと、けさ住所の長野を発ってきたのだという。

彼女の枕元でスマホが鳴った。彼女は震える手で電話に出た。電話は彼女の夫からだった。診療所の看護師が電話を代わって、妊婦のようすを伝えた。

嵐のような雨は嘘のようにやんだ。白い雲が灰色の雲を追いかけていた。

茶屋と牧村が車にもどったところへ、

「木曽警察署の鳥谷《とりたに》です。至急、お会いしたいのですが、いまはどちらに」

と電話が入った。

雨が上がったので寝覚の床を見にいこうとしていたところだというと、木曽警察署へきてもらえないかといわれた。さっきパトカーの警官から通報があって、木曽川に人間らしいものが浮いているといわれた。その正体を警官が確かめたかどうかは不明だが、鳥谷という署員の用件は、通報とは無関係ではなさそうだ。

「警察の要請を無視したら、茶屋先生は捕まるでしょうから、木曽署へいきましょう」

「捕まるのは、私だけじゃない」

木曽署の鳥谷は刑事課の警部で四十半ば。顔は大きいが目は細く、牙のような八重歯《やえば》がのぞいた。

「先ほど、東京渋谷の事務所へ、現在木曽路を車で移動している人は、茶屋次郎氏本人かの確認をさせてもらいました。すると秘書と称する女性が電話に出て、『木曽にいるのはうちの先生にちがいないと思いますけど、またなにか問題でも』といわれました。そこであなたのことを調べてみたところ、各地の有名な川と川沿いを取材しているが、取材中に発生した事件に首を突っ込んで、警察の捜査を攪乱《かくらん》させたことが何度もあったそうですね。捜査に横槍《よこやり》を入れるのは、どうしてですか」

鳥谷は右手にボールペンを持ち、左手は拳をにぎって、少し前かがみになって質問した。

「私は、警察の捜査を邪魔したことは一度もありません。お調べになった資料は何か誤解されているのでは。取材にいった川で起きた事件に首を突っ込むようなことをしたのは、事件が未解決だったからです。それで私は、独自に事件を調べただけです。……で、そちらのご用は、いったいどんなことでしょうか」

鳥谷は、にらみ返すような目をしてからひとつ咳《せき》をした。

「けさ、桟の百五十メートルほど上流で、人間らしいものが浮いているという通報がありました。それで総動員でさがしにいったところ、通報どおり川岸にしがみついているように浮かぶ人を発見した。男の人で、すでに死亡していました」

「何歳ぐらいの人ですか」

「四十代半ば見当。上着を着ていたと思うが、遺体はワイシャツ姿で、紺色のスラックスを穿いていました」

遺体は松本市の信州《しんしゅう》大学の解剖《かいぼう》室へ送ったという。間もなく死因と死亡したのがいつだったかが判明するだろう。木曽署が遺体を検べたかぎりでは身元が分かる物は身に着けていなかった、と鳥谷はメモを見ながらいった。

「身長一六八センチ、体重約六十キロ。頭の右側に五百円硬貨大の禿《はげ》があります。お心あたりはありませんか」

鳥谷はきいたが、茶屋は首を横に振った。

「茶屋さんと牧村さんは、いつ木曽へこられたんですか」

「きのうです。新宿を八時に発つ特急で、塩尻に着いて、レンタカーを調達して、奈良井宿をゆっくり見学して、ゆうべは木曽福島のきのしたという旅館に泊まりました」

「検視では、ホトケさんは殺されてからあまり時間が経っていないようです」

鳥谷はそういうと、はがき大の写真を三枚、茶屋の前へ置き、心あたりはないかときいた。

遺体の男は顎が張っていて四角ばった顔だ。目は瞑っているが大きいほうではなさそうで、鼻は高く、唇は厚めである。右の眉につながっているように小豆《あずき》大のホクロがあった。

茶屋は、知らないし会った憶えのない人だといった。牧村は苦い顔をして、やはり知らない人だと答えた。

車にもどると牧村は、「不愉快」を連発した。彼は時間を無駄にしたとぶつぶついいながら寝覚山臨川寺の前で車をとめた。

二人は雑木の生い茂った暗い坂をくねくねと下った。見物人は一人もいなかった。

ここには浦島太郎《うらしまたろう》伝説がある。「玉手箱を持って旅に出た浦島太郎は、ある日、岩の上で箱を開けた。そのとたんに夢から覚めたように三百歳の老爺《ろうや》になった」という伝説の池が奇勝の寝覚の床だ。

ここだけが平坦なのか川は流れを休んで青い淵《ふち》をつくっている。その川中にも両岸にも白や茶色の台状の巨岩が重なり合っている。そこをおおう鬱蒼《うっそう》たる山林は錦《にしき》を飾るように色づき、岩とともに青い水に容《すがた》を映して静まり返っていた。木曽川の流れが花崗岩《かこうがん》を浸食《しんしょく》して造りだした芸術に、茶屋も牧村もしばらく息を忘れた。

二人は木の葉が落とす露《つゆ》を浴びながら、細い坂道をもどった。小木と枯れはじめた草のなかで動くものがあった。じっと見ているとそれは野生の猿だった。二匹、三匹と数えているうちにその数は増えていった。「熊目撃・×月×日」という札《ふだ》が目に入った。二人は足を速めた。

トンネルをくぐると突如《とつじょ》起こった轟音《ごうおん》に静寂が破られた。頭上を特急列車が駆け抜けたのだった。

「あっ、そういえばあの人、どうしたでしょう」

牧村は診療所へ担《かつ》ぎ込んだ女性を思い出した。茶屋は診療所へ電話した。

「助産師さんにきていただいて、たったいま、女のお子さんを産みました。お母さんも赤ちゃんも元気です」

なぜか茶屋は胸が熱くなった。

三章　通り魔事件

1

茶屋と牧村は車の両脇に立って山を見上げていた。木々が連《つら》なる緑の斜面に赤と黄色の斑《まだら》が点々と散っている。幾重《いくえ》にも重なり合った山から、白い雲か霧《きり》が湧《わ》き上がっては消えていく。ときどき薄陽《うすび》が差すのは、雲が動いているからだろう。道路の傍《そば》にぽつんぽつんと小屋が建っている。その横がバス停だが、どの停留所にも人はいなかった。

牧村が、絵画を見ているようだといったところへ、茶屋に電話があった。

掛けてよこしたのはまた、木曽署の鳥谷警部だった。彼はききたいことがあるので、署へもう一度きてもらいたいといった。何度も呼びつけてすまない、とはいわなかった。茶屋が用件をきくと、署で話す、とつっけんどんないいかたをした。

「いきましょう、いきましょう。川で死んでいた人に関する情報ですよ。その人は先生と関係があるんでしょうよ、きっと」

牧村は面白がっていった。

「バカなことを。写真を見せられたが、知らない人だったじゃないか」

牧村を車に残して、茶屋だけが灰色をした木曽署へ入った。

鳥谷は茶屋を応接用のソファへ招いた。

「木曽川で亡くなっていた男性の身元が分かったんです」

遺体の身元が判明したところで茶屋を呼びつけた。なぜなのか。

「本郷宣親《ほんごうのりちか》といって四十三歳。住所は松本市今井《いまい》。塩尻市の塩嶺社の社員です。やはり心あたりはありませんか」

鳥谷は茶屋の目の奥をのぞくような顔をした。

「知らない人です。なぜ私に、知り合いではとおききになるんですか」

「奈良井川沿いの草むらから、本郷さんの鞄《かばん》が見つかりました。それが彼の物だということは塩嶺社の社員の証言でも分かりましたし、彼の名刺も十枚入っていました。そして、茶屋次郎さんの著書が一冊入っていて、その本にはサインがありました」

「本のタイトルは……」

「『神田川《かんだがわ》殺人事件』です」

「相手の名が書いてありましたか」

「いえ、ちょっとゆがんだ毛筆の字で、茶屋次郎とあっただけです」

「新刊が出るたびに、百冊ほどサインします。書店へのサービスです。本郷さんの鞄に入っていたのはその一冊でしょう。その本は、本郷さんが買ったのでなく、人からもらったか借りたものだったということも考えられます」

本郷は溺死《できし》だったのかを茶屋はきいた。

「直接の死因は溺死でしたが、背中に野球のバット状の物で強打された跡がありました。したがって、殴打《おうだ》されてから川へ突き落とされた可能性が高いです。……それにしても、あなたの著書を持っていた人が殺されたなんて、世の中には偶然の出来事というのはあるものなんですね」

鳥谷は、あらためて茶屋の顔の隅ずみまで見つめた。この刑事は、茶屋がいったことを全面的には信用していないらしい。

きょうは木曽川沿いに馬籠まで下るつもりだったが、木曽署へ呼ばれたために予定が狂った。そこでもう一晩、福島宿の旅館「きのした」へ泊まることにした。

きょうも牧村が小さい棚の上の呼び鈴《りん》を押した。

「はーい。ただいま」と女性の声が応えた。

タオルで手を拭きながら出てきたのは文加だった。

「あら、お忘れ物でも……」

彼女は中腰になった。

もう一泊したいのだが、と茶屋がいうと、

「どうぞ、どうぞ。お上がりください」

彼女は笑顔になってスリッパをそろえた。

彼女が案内したのは昨夜とはちがう部屋だった。その部屋は広かった。きのうと同じように木曽川と川岸の家並みが窓から眺められた。床の間には墨《すみ》で達磨《だるま》を描いた軸がかかっていた。

体が冷えていたのですぐに風呂へ入ることにした。綿入れの半纏《はんてん》を出した文加は笑顔を絶やさなかった。

茶屋と牧村は露天風呂に首まで浸《つか》った。

「先生は今回の名川シリーズの取材地を、木曽川にした根拠はなんだったんですか。まさか連続殺人事件を予測した……」

牧村は頭にタオルをのせた。

「そんなことを予測できるわけはない。もちろん三松屋デパートの宇垣のこともあるが……なにかを読んでいて、いつかは木曽川に沿って下ってみたいと思っていたんだ」

茶屋は、人家の灯《あか》りが一つずつ増えていく夕方の街を眺めながら首をひねった。そのなにかを読んだのは今年の春ごろだったような気がする。

「木曽に関することが書いてあったんですね」

たしかそうだったといって、額《ひたい》に浮きはじめた汗を拭《ぬぐ》った。

「そうだ、思い出した。新聞の投書欄に載っていた……。そうだ、たしか六年前の事件に関係のある内容だった。思い出した、思い出した」

茶屋は汗を拭って、岩に腰掛けた。

——新聞に投稿した人は女性で、家族と一緒に春の好天に恵まれた馬籠の宿場を歩いていた。すると横あいから独りの男が出てきた。その男の顔を見た瞬間、全身の血が凍《こお》る思いがした。六年前の夏、東京銀座の歩行者天国で通り魔事件が起きた。若い男が刃物を振り回して、通行人やお茶を飲んでいた人たちに切りつける。私は正面から犯人に襲われ右の腕を切られた。犯人は訳の分からないことを叫んで、逃げていった。その傷痕《きずあと》ははっきりと残っていて、夏でも半袖を着ることができない。馬籠の坂道の横あいから出てきて、さっと人混みのなかへ消えていったのは、私の腕を刃物で切って逃げていった男だった。そのことを警察で話した。私の目に残っているのは男が黒っぽい服装だったということだけで、年齢の見当も体格も憶《おぼ》えていなかった。警察の人から、木曽で出会ったというのは勘違いなのではといわれた——

「銀座の通り魔事件の犯人は、捕まっていませんね」

牧村も岩に腰掛けた。

「未解決だ。新聞に投稿した人は、馬籠で犯人らしい男に出会ったことを警察に知らせたが、真面目《まじめ》に受け取ってもらえなかったんだろう」

「それが悔《くや》しくて新聞に投稿した。馬籠で出会った男は、通り魔事件の真犯人かもしれませんね」

「私もそう思った。そう思ったが、べつの記事を読んでいるうちに投稿の内容は忘れてしまったんだ。……週刊誌にも、記事を読んだ人からの投稿はあるんだろ」

木曽川沿いの白っぽい建物に灯《ひ》が入った。そこはマンションのようだ。

「あります。ほとんどが記事に対する抗議です。なかには、会社に火をつけるぞ、なんていうのもあります。脅迫的なものについては、一応警察に報告することにしています」

「投稿者の氏名や住所を、教えてもらうことができるだろうか」

「原則的には教えないことにしています」

茶屋は六年前、銀座で犯人の凶刃《きょうじん》を被《こうむ》り、新聞に投書した人を知りたくなった。馬籠宿のどの辺で犯人らしい男を見たのかを知りたいのだ。

「先生が読んだ新聞は……」

「たしかY紙の『道みち』という欄だったと思う」

牧村は、Y新聞社の社会部に知り合いがいるので、問い合わせてみるといった。

風呂から上がると牧村はY新聞社の社会部副部長に電話し、道みち欄へ投稿した人の氏名などを教えてもらえないかと告げた。

「氏名や住所を明かさずに投稿してくる人が多いので」

と、副部長は答えた。だが、十五、六分後、茶屋が読んだ投書が見つかったと、牧村に電話をよこした。牧村は、旅館へ記事を送ってもらった。投稿者名は新聞では匿名《とくめい》となっていたが、住所と氏名が分かるといった。

副部長は、「あなたに会うか、詳しく話をききたい」という人がいるが、連絡先を教えてよいかの問い合わせをしたらしい。会いたいというのは、どういう人か、投稿者の女性はきいた。副部長は、旅行作家の茶屋次郎だと答えた。すると尾島彩美《おじまあやみ》という投稿者は、茶屋の名と書いている作品を知っているといってから、自分の電話番号を教えることを了承したという。

茶屋は、副部長からきいた尾島彩美の番号に電話した。電話に出た彼女は落着いた声で、

「茶屋さんのご著書は何冊か読んでいますし、週刊誌の名川シリーズも読んだことがあります」

といった。

茶屋は礼をいって、会いたいのだがと都合をきいた。

「わたしは、銀座の金沢堂《かなざわどう》パーラーに勤《つと》めていて、早番と遅番があります。早番の日でしたら、夕方の六時にはお会いできます」

と、やさしげだがはっきりした声で答えた。

あしたはどうかときくと、あすは早番です、といった。

銀座からは少しはなれたところのほうがいいだろうと思ったので、神田駅に近いカフェの名を告げた。

「分かりました。あしたの夕方六時に、おうかがいします」

と、几帳面《きちょうめん》そうな答えかたをした。

「いったん、東京へ帰るんですね」

牧村だ。

「そう。あんたも一緒に会ってみないか」

「会いましょう。彼女は、馬籠で出会ったというか、見掛けた男を、銀座の通り魔事件の犯人だと思い込んでいるんじゃないかな」

憶えているとしたらどうするか。茶屋は、似顔絵を描くのがうまいイラストレーターの井坪《いつぼ》ルリ子《こ》を思い出して、スマホの電話帳を呼び出した。

2

井坪ルリ子は、東京の美術大学を出て、出版社に勤めたが、二年ほどで退職してフリーになった。何社かの出版社から仕事を請《う》けているが、いつも、「まだ一人前でない」といっている。彼女は新潟《にいがた》市の旅館の娘だった。身長は一六五センチで、色白の丸顔。目が大きくて福耳だ。足は長いが尻が小さい。彼女はサヨコの丸い尻を見るたびに、「うらやましい。ちくしょう」といっている。

ルリ子はサヨコの友だちの一人だった。初めて会ったとき茶屋は、腰を抜かすほど驚いた。彼女の酒の強さにである。日本酒を一晩に一升空《あ》けたことがあるといったが、それはほんとうだろうと思った。最初は猪口《ちょこ》で四、五杯飲《や》っていたが、湯呑《ゆの》み茶碗に酒を注ぐようになり、それを二口ぐらいで飲み干していた。

茶屋はルリ子に電話した。

「あーら、茶屋先生。お久しぶりです」

彼女は二十五歳なのに、安ものの飲み屋の女性のような話しかたをした。

「仕事は忙しいの」

茶屋はきいた。

「ちっとも忙しくなりません。きのうもきょうも、朝から本を読んでます。茶屋先生の『京都鴨川《かもがわ》』を読みましたよ。どこかへいきたいなって思ってたとこです」

茶屋は、あすの夕方、神田のカフェである女性に会う。その女性は六年前の通り魔事件の被害者であり、彼女が話すことを一緒にきいてくれないかといった。

彼女は快諾してくれた。

茶屋の電話をきいていた牧村は、木曽川の取材にきているのに、急に流れが変わるか、話の勢いが頓挫《とんざ》してしまいそうな気がするといった。

「茶屋先生は、気がついたことをすぐやりたくなるタイプなんですね。気が散るというか、腰が定まっていないというか……」

牧村は取材旅行が中断となるのを悔んでいた。

「いや。いったん木曽からはなれるが、木曽路の取材はつづけるつもりだ。だって木曽路には謎《なぞ》がたくさんあるじゃないか。塩尻の奈良井川では、三松屋の宇垣好昭が殺害されていた。彼は三松屋で起きた高級腕時計盗難事件を調べるグループの班長だった。そのことと関係があるのかは分からないが、彼は出張先で殺された。そして、宇垣の事件と関係があるのかどうかは分からないが、塩嶺社社員の本郷宣親が木曽川で殺されていた。三松屋と塩嶺社には取引関係がある。もしかしたら二人の事件は、一本の糸でつながっているかも」

部屋の電話が鳴った。文加が、「お夕飯の準備ができました」と、明るい声を掛けてきた。牧村は、腹がすいたといって浴衣《ゆかた》の腹を撫《な》でた。

翌朝、茶屋と牧村は、塩尻駅前へもどってレンタカーを返却し、列車で新宿に着いた。

牧村は、神田の会社へいく。茶屋は昼前に渋谷の事務所へ着き、ドアを開けた。

「ひゃっ」

パソコンの前のサヨコが口に手をあてた。立っていたハルマキがノートやらペンを落とした。

「私が入ってきたのに、悲鳴はないだろ」

「だって、急に。木曽ではなにかあったの。牧村さんと揉《も》めごとでも起こして、それで別れて、取材の意欲を失《な》くして、もどってきたんでしょ。帰ってくるんなら帰ってくるって、いってくれなきゃ」

サヨコはとがった声を出した。

「木曽の旅館の露天風呂で牧村と話しているうち、あることを思い出したんだ」

「露天風呂か、いいな。……露天風呂でなにを思い出したんですか」

ハルマキはなにを目に映《うつ》しているのか、窓に顔を向けてきいた。

茶屋は、六年前に銀座通りの交差点で発生した通り魔事件について話した。

「憶えてる。そのときわたしは、上野のアメヤ横丁を友だちと歩いてた」

当時のサヨコは二十歳だった。

「わたしは、公園の球場でソフトボールの試合に出てた。夕方、家に帰ったら、お母さんが銀座で大事件が起きたっていったので、テレビをつけたのを、憶えてる」

当時のハルマキは十九歳だったはずだ。

「きょうの夕方、銀座通り魔事件の被害者の一人に会うんだ」

その席へ、井坪ルリ子を呼んでいることを話した。

「どうして、ルリ子を……」

サヨコがきいた。

「通り魔事件の被害者は、今年の春、木曽の馬籠へいった折に、加害者と思われるという か、加害者によく似た男を見掛けたらしい。その男の面相《めんそう》をきこうかと」

「分かった。その人のいう男の似顔絵をルリ子に描かせるんですね」

「そうだ。はたしてその男の顔をよく憶えているかどうか」

「銀座の通り魔事件では、何人かが亡くなってますよね」

「二人が亡くなり、六人が重傷を負った」

ハルマキがつくったきょうの昼食はラーメンだった。厚切りの焼きブタに茹《ゆ》でタマゴが二つ切りにされ、焼きのりがのっていた。

茶屋は午後五時まで、松本市へ流れ込む奈良井川と平坦地の奈良井宿の家並みを原稿に書いた。千本格子の宿場通りの両側のところどころに袖《そで》看板が出ているし、茶房と書いた行灯《あんどん》の店の前には、真《ま》っ赤《か》な唐傘《からかさ》が開いていた。櫛《くし》の店では老婆《ろうば》が二人、整然と並べられている櫛をじっと見つめていた。

約束のカフェへは五分前に着いた。いちばん奥の壁ぎわでルリ子が手を振った。彼女は艶《つや》のある黒髪だった。何か月か前に会ったときはたしか茶髪だった。彼女は少し前に着いて文庫本を読んでいたらしく、その本をバッグにしまった。

しばらくすると、コーヒーのような色のジャケットの牧村が、のそりとあらわれた。

茶屋はルリ子を牧村に紹介した。彼女は名刺を渡して、

「わたしにできる仕事がありましたら、紹介してください」

と、笑顔をつくった。牧村はルリ子と名刺を見比べる。

すらりとした背の高い女性が入口に立って店内を見まわした。茶屋が椅子《いす》を立った。女性は小走りに寄ってきた。それが尾島彩美だった。わりに丸顔でくっきりとした目をしている。

彼女は茶屋の名刺を受け取ると、

「銀座の金沢堂パーラーに勤めております」

といった。牧村もルリ子も名刺を渡した。

茶屋は、木曽の旅館で何か月か前にY新聞で読んだ投書を思い出し、会いたくなったのだとあらためて話した。

「六年前の八月の日曜でした。茨城から銀座見物に出てきた母といとこを連れて、ぶらぶ

ら歩いていました。わたしはその年の四月に金沢堂パーラーに就職しましたので、その店を母といとこに見せようと、交差点を渡ろうとしていました。すると男の人が人を掻《か》き分けるようにして走ってきたというか、踊っているような動きをして、目の前へきて、一瞬立ちどまったようでした。わたしにはその人がなにをしようとしているのか分かりませんでしたが、焼けるような感覚と腕から血が噴き出たのを見て、刃物で切られたのだと気が付きました。……わたしは切られたところを押さえて、しゃがみ込みました。まわりからは悲鳴があがっていましたけど、わたしは気が遠くなって目がかすんできました。母といとこは、わたしの肩を抱いて、デパートのなかへ入って……」

彼女はそこまでいうと、両手で顔をおおった。腕を切りつけられたときのショックと周囲の喧噪《けんそう》がよみがえったようだった。

彼女は応急手当てを受け、その後救急車で病院へ運ばれた。

ベッドの脇へは警察官がやってきて、彼女の顔をじっと見てから、質問するが答えられるかといわれた。

警官は、『あなたの腕を切りつけたのは、比較的若い男らしいが、知り合いか、見憶えのある男でしたか』ときいた。

男とは目を見合わせたような気がするが、知り合いではなかった、と彼女は答えた。

警官は、『あなたのほかに何人かが刃物で切りつけられました』といった。

あとで知ったが、男に切りつけられたのが八人で、そのうち二人の女性が死亡した。テレビは事件現場を何度も映した。それを見るたびに右腕の傷が痛んだ、と彩美はいって、シャツの袖をめくった。肘《ひじ》の上に一文字の白いふくらみがあった。その傷はかなり深かったのだろう。

「あなたは六年後の今年の春、木曽の馬籠で近づいてきたある男を見掛けた」

茶屋がいうと、彩美は小さくうなずいた。

「その男を近くで見たんですね」

「十メートルほどはなれたところで、歩いてくるその男の人の顔を見ました。わたしはその瞬間に、銀座で腕を切りつけた人だと感じました」

「その男は、あなたを見ましたか。目が合ったかということです」

「それは分かりません。わたしが顔を見て立ちどまったからなのか、その男の人は人混みのなかへ消えてしまいました」

「馬籠へはご家族といかれたんですか」

「母と一緒でした」

「お母さんに、男を見掛けたことを話しましたか」

「話しましたし、まだ近くにいそうな気がしたので、三十分ぐらいのあいだ、中山道馬籠宿の角柱が立っているところで観光客を見ていました」

「お母さんは、銀座の事件のとき、犯人の顔を見たでしょうか」

「見ていないようです。あのときは、急に周りがざわついてきました。なぜなのか分からないうち、わたしが自分の腕の痛みと血を見て、しゃがみ込んだんです。そのときは母もいとこも、わたしがなぜしゃがんだのか分からなかったんです」

茶屋は、馬籠でちらりと見たという男の顔を説明できるかと彩美にきいた。

彼女は目を瞑《つむ》った。瞬間的に二度会った男の顔を、頭に再現させているようだった。

「顔は長いほうでした。髪は長めで、濃くて、それから目は切れ長というのでしょうか、細かった。銀座のときは口を開けていたような気がします」

ルリ子は、真っ白いノートを開くと、エンピツを動かしはじめた。彩美を見ずに言葉だけをきいているようだった。

「体格の見当《けんとう》は……」

茶屋がきいた。

「大柄な人ではなかったような……」

彩美はそういうとまた目を閉じてから、「銀座のときも、馬籠でも、黒っぽい服装でした」

と、目を開いて答えた。

「馬籠へは、観光にいかれたんですか」

「いいえ。祖母が独り暮らしをしているんです。母の母なんです」

代々つづいていた旅館だったらしいが、祖父が七年前に亡くなったのを機に廃業した。

現在は小さな畑に野菜と花をつくって猫と暮らしているという。

「おばあさんはおいくつですか」

「七十七歳です。二年ほど前に坂道で転んで怪我をしましたけど、すぐに治って天気のいい日は畑に出ているそうです。つい先日はわたしに電話があって、『冬は嫌いだ』なんていっていましたけど、どこも悪くないようです。……よけいなことですけど、二年前にお見舞いにいったとき、驚いたことがありました」

彩美は事件のことを忘れたように頰《ほお》をゆるめた。

「驚いたこととは、なんですか」

茶屋は目を細めた。

「母から、おばあちゃんはお化粧をしたことがないときいたことがありました。お化粧をしたことはないけど、祖母の家にはわりに大きい鏡台がありました。わたしはそっと鏡台の引き出しを開けてみたんです。入っていたのは、櫛《くし》が一つと、胃薬の熊の胆《い》と、メンソレータムと、耳掻きだけでした。祖母は真冬でも、朝は水で顔を洗うといっています。そのせいなのか、いまもきれいな肌なんです」

彩美の母は、年に二回は馬籠へ母に会いにいっているという。

ルリ子は似顔絵を二枚描いた。

一枚は、耳が隠れるくらい長い髪をしていて細面《ほそおもて》で、目が細い。

もう一枚のほうは、少し長めの髪で、顔は長く、顎《あご》が角張っている。目は細く、眉《まゆ》が濃い。

「うまいもんだねえ」

牧村が似顔絵に感心した。

彩美は二枚の絵をじっとにらんだ。

「こちらの眉の濃いほうが似ているような気がします」

といったが、自信はないようだった。銀座の事件の犯人は八人もの通行人に凶刃をふるったのだから、その顔は殺気立っていたにちがいない。それを茶屋がいうとルリ子は、眉が濃いほうの絵に手を加えた。

馬籠で例の男を見掛けた場所はどこだったのかと、茶屋はガイドブックに載っていた地図を彩美のほうへ向けた。

彼女は石畳の坂道を指した。そこには角柱が立っていて、観光客が写真を撮り合うスポットだ。茶屋は地図に丸印をつけた。

牧村が彩美に、食事を一緒にしたいが都合はどうかときいた。彼女は、「ありがとうございます」といって笑顔になった。

3

神田は牧村のホームグラウンドだ。静かな料理屋を知っているといって、牧村は四人の先頭に立った。茶屋と牧村の後ろを歩きながらルリ子と彩美は会話をしていた。その会話は途切れ途切れに茶屋の耳に入った。ルリ子が彩美のバッグをさかんにほめていた。革製品が好きで、特にバッグの店を見ると素通りできない性質《たち》だとルリ子は笑った。彩美は、いま持っているバッグは知人の工房の製品で、気に入っている物のひとつだといった。

茶屋は振り向いて彩美が手にしている茶革のバッグに視線をあてた。いかにも手づくりというかたちで、革の艶《つや》を消し、一見地味だが雰囲気《ふんいき》がある。ショルダーには水色のライ

石畳の坂道に連なる馬籠宿の街並み

ンが入っている。

牧村が案内した料理屋は神田警察署通りのビルの地階だった。四人は小上がりで向かい合い、まずビールで乾杯した。

「この店には馬刺しがあるんですよ」

牧村がいったので馬刺しをオーダーした。

酒好きのルリ子は、馬刺しときいて喜んでいる。彩美は一度だけ食べたことがあるといったが、好きだとはいわなかった。

茶屋は彩美が持っているバッグに話をもどした。木曽福島のきのした旅館で、従業員の文加のことを思い出したからである。

文加は五年前まで、東京上野で革製品の工房を友人と共同経営していたと語った。だが、木曽路を旅しているうち、木曽に住みたくなって、きのした旅館へ勤めることになったと語っていた。

茶屋は彩美に、バッグは知人の工房から買ったといったが、その工房はどこなのかときいた。

「上野です。アメヤ横丁の裏側にあたるところです」

彼女は、なぜ場所まできくのかという顔をした。

茶屋は、木曽福島で泊まった旅館で、何年か前まで上野で革製品の工房を友人と共同経営していたという女性に会ったのだ、と話した。

「その人、戸久地《とくち》文加さんではありませんか」

「名字は知らなかったが、名はたしか文加で、旅館ではふみさんと呼ばれているといっていました」

「戸久地さんにまちがいありません。五年くらい前に、急に工房を辞めて木曽へ。工房は岩倉《いわくら》さやかさんという方に譲って、東京から引っ越したんです。わたしは、さやかさんと親しくしていますが、戸久地さんにも工房で何度か会ったことがあります。戸久地さんが木曽へいったことはさやかさんからきいたんです。なぜ木曽へいく気になったのかを、さやかさんもはっきりとはわからなかったようです」

彩美は、馬刺しを一切れ食べただけで、焼き魚に箸《はし》を向けた。

「その工房は繁昌《はんじょう》していますか」

「月に二回、日曜に革製品の教室もやっています。そのたびに十人ぐらいが習いにきています。……一か月ほど前にいったとき、さやかさんは九州のデパートからバッグを二十個、財布と小物入れを三十個ずつのオーダーがあったといってましたし、最近は毎晩九時ごろまで仕事をしているようです」

彩美の話を黙ってきいていた牧村が、木曽へ移る前の戸久地文加はどこに住んでいたのかをきいた。

「住所は知りません。必要でしたら、さやかさんにききますが……」

牧村はなにかを考えるように小首をかしげたが、戸久地文加の前住所をきいてもらいたいといった。

彩美は、岩倉さやかに電話した。「忙しいところをごめんなさい」といったが、話し方は親しげだった。彼女は横を向き、床にノートを置いてペンをにぎった。

戸久地文加の前住所が分かった。埼玉県川口《かわぐち》市だった。

「なぜいまになって文加さんの前住所を知りたいのかって、きかれたでしょ」

牧村がきいた。

「きかれましたけど、あとで話すといっておきました」

茶屋は、上野の「いわとデザイン」という革製品工房の所在地を彩美にきいて控えた。訪ねる機会がありそうな気がした。

ルリ子は日本酒を飲んで、目の縁《ふち》を赤くしていたが、酔ってはいないようだった。彼女は彩美に日本酒をすすめた。

「じつはわたし、日本酒が好きなんです。あまり量はいただかないのですが、たまに小さいびんのを買うことがあります」

ルリ子は彩美に酒を注いでから、

「尾島さんは、わたしと同い歳ぐらいですよね」

ときいた。

「二十四です」

「わたしのほうが一つ上。……わたしは新潟出身で、実家がそちらにあります。出版社の仕事を細ぼそとやっているのを両親は知っているので、新潟へ帰ってきて、早く結婚しろって。母は今年になって二回も男の人の写真を送ってよこしました。……尾島さんには、彼が……」

ルリ子は盃を持ってきいた。

「六年前に、わたしは棄《す》てられました」

彩美は口で笑っていたが、瞳は潤んで見えた。

「六年前っていうと……」

「銀座の事件がきっかけです。それまでのわたしは付合っていた彼と、毎週一度は会っていました。事件で怪我をしたことを彼には電話で伝えました。男に腕を切りつけられたといったら、彼は言葉を失ったように黙っていました。彼は見舞いにきてくれるものとわたしは思っていましたけど、彼の気持ちはちがっていて……」

彼女は唇《くちびる》を噛《か》んだ。

「彼はお見舞いにこなかったんですか」

「こなかったし、電話番号を変えました。電話が通じないので、わたしは手紙も出したんです」

彩美はハンカチを取り出すと口をふさいだ。その拍子に涙が一滴こぼれた。

「返事がなかったんですね」

彩美は首を横に振り、手紙の住所には該当《がいとう》がないという印が付いてもどってきたという。

ルリ子は、「えっ」といってから茶屋と牧村に、まるで助けを求めるような目を向けた。彩美が、『わたしは棄てられました』といった言葉が蘇《よみがえ》ったようである。

「尾島さんは、その人とどのぐらいのあいだお付合いしていたんですか」

「一年ぐらいでしょうか」

事件に遭った当時の彩美は十八歳だった。怪我をした彼女からはなれていった彼は、二十四歳だったという。

4

六年前の八月の日曜に銀座で発生した通り魔事件の被害者は八人。そのうちの二人は死亡した。牧村は新聞社に協力を頼んで、彩美以外の怪我を負った五人の連絡先をつかみ、「会いたい」とアプローチした。が、三人には断わられた。事件のことは思い出したくないというのがその理由だった。会うことができた二人には、ルリ子が描いた二点の似顔絵を見てもらった。女性は当時十五歳で、犯人に頬を切られた。その傷痕は三センチほどの長さで白く残っていた。二十一歳となった彼女は犯人の面相などをまったく憶えていないといった。

「急に黒いかたまりのようなものが近づいてきて、目の前を通りすぎたような気がしました。一緒にいた人に、顔から血が出ているといわれて、それで痛みを感じて、しゃがみ込んだのでした。黒いかたまりのように見えたものが、男なのか女なのか、それから体格を警察の人にきかれましたけど、わたしは憶えていませんでした」

もう一人の被害者の男性は三十代後半で、右手の甲に傷を負っていた。彼は、

「若い男が突進してきました。まるで私を標的にしているようにです。私はとっさに手を前に出したので、そこを切りつけられたんです。運ばれた病院で警察の方から犯人はどんな男だったかをきかれました。そのとき私は訳の分からないことを口走ったようでした。恐怖に震えていたんです。次の日も警察の方に、襲ってきたのはどんな男だったかをきかれました。憶えているのは、ひきつった顔で、眉が濃くて、目が異様に大きい男だったことでした」

彼はルリ子が描いた似顔絵をじっと見て、細面で、長い顔をした絵のほうを指し、

「こんな顔だったと思いますが、目がもっと大きかったような気がします」

といった。

茶屋と牧村は、上野のいわとデザインという革製品の工房を訪ねて、経営者の岩倉さやかに会った。三十代半ばの彼女は厚地の前掛けをして、髪を無造作《むぞうさ》に後ろで結《ゆわ》えていた。

彼女は、テーブルに見本の製品らしいバッグや財布やブックカバーなどが並んでいる部

屋へ二人を招いた。茶屋と牧村は、革の匂いがする大小のバッグを見てから椅子に腰掛けた。広いガラスの仕切りの奥では女性が三人作業をしていた。

「私たちはつい最近、木曽福島の旅館で文加さんという女性に会いました。木曽の小ぢんまりとした旅館には不似合いなほどきれいな人だったので、地元生まれの人ではないだろうと思って話をきいたところ、上野の革工房で働いていたのだといいました。たまたま尾島さんと話していてこちらにお勤めだった方だとわかりました。文加さん本人になぜ木曽へ移ったのかときくと、こういうところに住みたかったと、いくぶん曖昧《あいまい》な答えかたをしました。……私はもの書きですので、興味を持った人に会うと、その人の歩んだ途《みち》などを書きたくなるんです」

茶屋の話をさやかは表情を変えずにきいていたが、

「文加がここを辞めて、木曽へいったことについては、なにか事情があったのではと、お思いになったのではありませんか」

さやかは、茶屋と牧村の顔をゆっくり順に見た。

「人にどんな事情があろうと勝手ですが、はっきりいって、文加さんに木曽の旅館勤めは不似合いです。どんな事情があって、こちらを辞めたのですか」

「五年前のことですが、三、四日旅行をするといって休みました。どこへいってきたのかをききましたら、信州の木曽だといいました。木曽の宿場を見物してきたといって、その流れで空気のきれいな木曽に住みたくなったので辞めたいといったんです。……この工房は軌道《きどう》に乗っていたので、仕事が嫌になったのではないとわたしは思いました。それでわたしは、考え直して、と何度もいいました。でも文加は辞める、の一点張りで、自分が引き受けていた仕事を仕上げると、もうここには出てこなくなりました。……ここはわたしとの共同経営でしたので、彼女には二分の一の権利がありました。その権利に値する金額を三年のあいだに支払うという話し合いをして、お互い納得して別れました」

「文加さんは、旅館に住み込みで働いていますが、岩倉さんは彼女が勤めている旅館へおいでになったことがありますか」

茶屋がきいたが、彼女はいったことはないといって首を振った。

「文加さんは、川口市内に住んでいたそうですが、そこが実家だったんですか」

「文加は富山《とやま》市の生まれです。高校を出るとすぐに東京へきて、墨田《すみだ》区の学生服をつくる縫製《ほうせい》会社に勤めていました。わたしは制服の生地を織る会社の社員で、たびたび縫製会社へいっているうち、文加と親しくなったんです。……文加には二歳ちがいの弟がいて、やはり富山の高校を卒《お》えると文加を頼って実家をはなれてきて、一時、文加と一緒に暮らしていて、夜間の大学へ通っているときいたことがありました」

文加の弟は大学を卒業すると地方のわりあい大きな会社に就職したが、六年ぐらい前、外国へいった、ときいた記憶があるとさやかはいった。

「外国といいますと、どこの国でしょうか」

「アメリカだったと思います」

「勤めていた会社の仕事で、アメリカへいったんですね」

「そうだったと思います」

「岩倉さんは、文加さんの弟さんに会ったことがありますか」

茶屋は少し上半身をさやかのほうへ乗り出した。

「ありません」

茶屋は、文加が以前住んでいたという川口市のくわしい住所をさやかに確認した。

さやかは、文加の弟にも関心があるのか、と茶屋にきいた。

茶屋は曖昧なうなずきかたをした。

いわとデザインを出ると茶屋は、藤本弁護士事務所へ電話した。戸久地文加のことが知りたかった。五年前まで川口市に住んでいたので、そこには住民登録をしていたと思うと伝えた。弁護士事務所の女性職員は茶屋の要請内容を承知しているので、すぐに確認するといった。

牧村は仕事があるといって、茶屋と別れた。茶屋はその足で川口市へ向かった。

文加が住んでいたのは荒川に近い五階建てマンションの五階だった。入居者にきいて家主が分かった。マンションのすぐ近くの農家で、広い庭に犬が二匹いた。茶屋は恐る恐る近づいたが犬は吠《ほ》えず、じっと彼を見ていた。

玄関の近くまでいって声を掛けると、五十がらみの大柄な主婦が出てきた。

茶屋は、以前マンションに住んでいた人のことをききたいといって、名刺を出した。彼の名刺に刷ってあるのは、氏名と渋谷の事務所と電話番号だけだ。

彼の名刺を受け取った主婦は、なにをしている人かときいた。茶屋は、週刊誌などに読みものを書いている作家だと答えた。主婦は彼のいったことが呑み込めないのか、首をかしげていた。

「マンションに住んでいただれのことを……」

主婦は眉間《みけん》を寄せた。二匹の犬は彼女の脇へ寄り添った。

「戸久地文加さんです」

「ああ、四、五年前まで五階に住んでいました」

主婦はそういうと、掛けてくださいといって、上がり口へ小さくて薄い座布団を出した。

「戸久地さんのことなら、よく憶えていますよ。上野でバッグなんかをつくるお店をやっているといって、茶色のかたちのいいバッグを、うちの娘にくださったんです。娘はいまもそのバッグを大切にしています」

「戸久地さんは、たしか富山の出身ということですが……」

「そうでした。思い出しました。戸久地さんがマンションに入居して一年ぐらい経ったころでしたが、富山からきたといって弟さんが同居しました。弟さんは昼間はどこかに勤めていて、夜間は大学へ通っているということでした。大学を卒業すると、たしか長野県の大きな会社に就職したそうで、マンションを出ていきました。お姉さんも器量《きりよう》よしですけど、弟さんも眉が濃くて目のくりっとした、いい男でした」

「奥さんは戸久地さんの弟さんに、何度もお会いになっていたんですね」

「話をしたことはなかったと思いますけど、会えば挨拶《あいさつ》をしました。真面目そうな青年でしたよ」

主婦はそういってから、天井を見上げて瞳を動かしていた。

「そうそう。思い出しました。弟さんは長野県の会社の本社から東京勤務に変わったといって、一か月ぐらいでしたか、お姉さんのところにまた同居していました。すぐに新しく住むところを見つけたといって出ていきました。そのとき、以前マンションに住んでいたときよりも痩《や》せていたようでした」

「奥さんは、戸久地さんの弟さんのことにも通じていらっしゃいますが、弟さんのことはお姉さんからおききになったんですね」

「そうです。お姉さんにきいていたんですよ。お姉さんは文加さんという名だから、子どものときから親にも学校でも『ふみ』と呼ばれていたと話していました。……富山から一度、お母さんがおいでになったことがあって、富山湾の魚だといって干物《ひもの》をいただきましたけど、とてもおいしかったですわ」

「文加さんは、五年ほど前、上野でやっていた革製品の工房を退《しりぞ》いて、こちらのマンションからも出ていったようですが……」

「四、五年前でした。富山の実家へもどるといって、出ていきました。なにがあったんでしょうか。……もしかしたら、ご両親に結婚をすすめられていたのかなと思っていたんですが」

「マンションを出ていった戸久地さんからは、連絡がありましたか」

「ありません。年賀状がくるのではと思っていましたけど、それも……」

主婦は、親しくしていたのに、という顔をした。

茶屋も小首をかしげた。戸久地文加は木曽に住んでいるが、それを知られたくないのではなかろうか。それとも年賀状を交換するという習慣のない人だったのだろうか。

藤本弁護士事務所から回答の電話があった。

戸久地文加は本名で、三十五歳。彼女の本籍は富山市。彼女の弟の名は昌大《まさひろ》で三十三歳。昌大は十五年前、富山市から文加と同じ住所へ住民登録を移し、四年後、長野県塩尻市に移転。昌大の住民登録は塩尻市に残されたままになっている。文加の住民登録は川口市になっているが、居住していないことが確認されている。

5

戸久地文加の前住所である川口市のマンションの家主の記憶によると、文加の弟は、大学を卒業すると長野県の大きな会社に就職したということだった。大きい会社というのは漠然としているが、もしかしたら塩尻市の塩嶺社のことではないかと茶屋は推測して、本社へ電話で問い合わせた。

その結果、「戸久地昌大はたしかに勤めていましたが、五年前に退職いたしました」と、人事課の女性社員が答えた。

マンションの家主の話だと、昌大は長野県内の本社に勤務していたが、東京へ転勤になったということだった。

塩嶺社の東京支社は港《みなと》区新橋《しんばし》にあった。茶屋は東京支社を訪ねた。五年前まで勤務していた戸久地昌大についてききたいことがあると受付係に告げると、応接室へ案内された。どちらかといえば丸顔で小柄な女性が、お茶を持ってきてくれた。

この会社は防災関連機器や保安器が代表的な製品のようだ。通された応接室の壁には産業用の保安器の写真が貼られていた。

十分ほど待たされて橋本《はしもと》という総務部次長の名刺を持った四十代半《なか》ばの男がやってきた。

橋本は、茶屋次郎の名は知っているが、彼の書くものを読んだことはないといった。

「当社にいた戸久地のことを知りたいというお話ですが、どんなことを……」

橋本は警戒するような表情をした。

茶屋は嘘《うそ》をつくことにした。

「じつは戸久地さんのお姉さんのことを知りたかったのですが、戸久地さんは会社をお辞めになったそうですね」

「戸久地の姉……。なにをしている人ですか」

「東京でバッグをつくる仕事をなさっているそうですが、どこにいるのかを知りたかったんです。……戸久地昌大さんは退職されたあと、どこに勤めているのかをご存じですか」

「分かりません」

「なぜお辞めになったんですか」

「それも分かりません。アメリカへ出張中にいきなり退職願を出したようです」

「出張中に……。退職の理由はなんでしたか」

「分かりません」

「アメリカからは帰ってきたんですね」

「そのようですが、連絡が取れないものですから、帰国したのかどうかもはっきりしないんです」

「では、行方不明ということなんですね」

「こちらとしては、そうですね」

橋本のいっていることもほんとうかどうかは怪《あや》しかった。

「こちらには、戸久地さんの写真がありますか」

「ないと思います」

どうしてないといえるのかをきこうとしたが、無駄だと思い、茶屋は帰ることにした。

茶屋は、塩嶺社の本社へいってみることを思い付いたのだ。本社にはかつての同僚が何人もいるだろう。そのうちのだれかが昌大の写真を持っていそうな気がした。

事務所にもどった茶屋はサヨコとハルマキに、塩嶺社の橋本がいったことを話した。

「その人の答えたこと、嘘くさくないですか」

サヨコが茶屋のデスクの前に立っていった。

「戸久地昌大が、アメリカ出張中に退職願を出したというのは、嘘だと思う。帰国したかどうかも分からないなんて、不自然だ」

「なぜそんな嘘をつくんでしょうか」

「世間に知られたくないことでもあるんじゃないのか」

茶屋は塩嶺社の本社を訪ねる前に、戸久地姉弟の実家へいってみることにした。それは富山市だ。

姉の文加は、高校を卒業すると東京へきて、学生服などの縫製をしている会社に勤め、そこで岩倉さやかに出会って親しくなり、二人で革製品の工房を開いた。

弟の昌大は、東京へ出てくると昼間働きながら夜間大学へ通って卒業した。そして塩嶺社に採用されたようだ。

二人の経歴から推測すると、実家はそう裕福《ゆうふく》ではなさそうだが、どうだろうか。

どこかへ旅行したいといっていたルリ子を誘えば、彼女はよろこんで同行しただろうが、茶屋は独りで六時二十八分に東京を発《た》つ北陸《ほくりく》新幹線の「はくたか」に乗った。八時すぎに長野を過ぎ、九時十一分に富山に到着した。駅前の交番で、戸久地家へのいきかたをきいて、タクシーに乗った。運転手は訛《なまり》のある言葉で喋《しゃべ》りつづけていた。

「この辺です」

といわれてタクシーを降りた。

飛騨山脈から発して、いくつもの川を合わせて富山湾に注ぐ神通川《じんずうがわ》の東岸近くだった。振り返ると白い稜線《りょうせん》を波打たせた立山《たてやま》連峰が蒼《あお》い空にくっきりと浮かんでいた。茶屋はしばらく峰がしらを数えるようにして白い山脈を眺めた。

畑で仕事をしている人に戸久地という家を知っているかときくと、ニット帽をかぶった男が小さな森を指差した。

その森を囲むように民家が八軒建っていた。戸久地家を確認してから隣の家へ声を掛けた。家のなかで犬が吠えだした。声からして小型犬のようだった。

白髪《しらが》まじりの女性が出てきて、茶屋の風采《ふうさい》を確かめるような表情をした。

茶屋が、戸久地家のことをききたいというと、女性は目を丸くして、どんなことを知りたいのか、とききき返した。

「戸久地さんの文加さんという娘さんと、彼女の弟の昌大さんは、東京にいるということですが、ご存じですか」

茶屋は話のきっかけをつくった。

「文加さんは東京にいて、昌大さんは長野県の松本あたりの会社に勤めているときいた憶えがあります」

文加は次女で、長女の宮子《みやこ》は富山市内で所帯《しょたい》を持っている。戸久地家の現在は六十代の両親だけだという。

「文加さんと昌大さんは、ときどき帰省しているようですか」

「文加さんは年に一度ぐらい帰ってくるようですが、わたしが昌大さんを見たのは十年ぐらい前です。昌大さんも三十すぎでしょうから、もう所帯を持っているんじゃないでしょうか」

彼女の話によると、文加や昌大の父親は、若いときに桶《おけ》づくりの修業をして、農業のかたわら桶をつくったり修理を頼まれていた。作業場はあるが、現在は桶づくりはしていないらしい。

「文加さんのご両親は、どんな方ですか」

「以前は町内の役員をしていたこともあって、近所の困りごとに手を貸したりしていましたけど、五、六年前に役員を退くと、夫婦ともほとんど人付合いをしなくなりました。役員同士でなにか揉めごとでもあったんじゃないかって、わたしは主人と話したことがありました」

茶屋は礼をいって女性の家を出ると、かなり古びた戸久地家をひとめぐりしてから、インターホンに呼び掛けた。女性が応答した。文加の母親にちがいなかった。茶屋が名乗ると、

「ご用はなんですか」

と冷たい声できかれた。昌大さんと連絡を取りたいので、住所か電話番号を教えてもらいたいといった。

「昌大は、外国へいっています」

「ほう。どちらへでしょうか」

「あなたは、どういう方なんですか」

「もの書きです。昌大さんにうかがいたいことがあるので、連絡を取りたいんです」

「外国にいますので、連絡できません」

「外国は、どこでしょうか」

「いまどこにいるのか知りません」

「外国へいかれたのは、会社の仕事でしょうか」

「そうだと思います」

茶屋は、文加は現在どこにいるのかと尋ねてみた。

「あなたは文加の名も知っているんですか。……どういう方なのか分かりませんが、教えられません。よく分からない方には、だれにも教えないことにしています」

インターホンでの会話はそこで途切れた。

茶屋は取りつく島もなくなり、また白い山脈を眺めた。

今度は塩尻へいくことにした。富山から東京行きの「はくたか」に乗った。一時間あまりで長野に着くと、篠ノ井《しののい》線の特急列車で約一時間後に塩尻に着いた。

塩嶺社は小高い丘の上にあった。白い壁の社屋の前から振り返ると、そこはぶどう園に囲まれていることが分かった。塩尻にはワイナリーが何か所かあるのをなにかで読んだことがあった。

守衛所で用件を告げると、四、五分して水色の制服を着た若い女性社員が、「ご案内します」といって出てきた。「本社」という札《ふだ》が掲《かか》げられている事務棟へ入った。通路の両側では制服姿の男女がパソコンと向かい合っている。

横長のテーブルのある小会議室といった格好の殺風景《さっぷうけい》な部屋へ通された。だれかが置き忘れたらしいボールペンがテーブルに転がっていた。

総務部人事課課長の名刺を持った四十歳見当の白川《しらかわ》という男がやってきた。彼はなんの肩書きもない茶屋の名刺を見て、

「茶屋さんのお書きになった文章を、なにかで読んだ憶えがあります」

といった。

「新聞や週刊誌に雑文を書いておりますので」

茶屋がいうと、

「思い出しました。岡山県の川で起きて、なかなか解決しなかった殺人事件を、あるヒントから解決に導いたというような内容の物語を……」

白川は瞳を動かしながら話してから、茶屋の用件をきいた。

「こちらには、富山市出身の戸久地昌大さんという方がお勤めになっていましたが、いまはどちらにおいでなのかを知りたいのです」

茶屋がきくと、白川は眉をぴくりと動かした。

「戸久地昌大については、電話で問い合わせがありましたが、それは茶屋さんでしたか」

「私です。五、六年前に退職されたということでしたが……」

「なぜ戸久地のことを知りたいのでしょうか」

「退職の経緯が不自然だったので。退職後、どこにいらっしゃるのかを知りたいんです」

「戸久地は、東京支社に勤務中に、アメリカへ出張して、その出張中に退職の意思表示をしました。それきり消息を絶ってしまったので、退職扱いにしたんです。その後のことは一切不明です」

「社員が八百人もいらっしゃるのに、一人の社員のことをよく憶えておいでになるんですね」

　茶屋は、目に力を込めるようにしていった。

「戸久地の場合は特異なケースでしたので」

「出張先の外国から退職を願い出た。出張先で、退職しなくてはならないことが起こったのでしょうか」

「それも分かりません。一方的に退職願を出したので。その理由については、一身上の都合というだけでした」

　白川はきっぱりといったが、眉間に皺《しわ》を寄せると、なぜ戸久地昌大のことを調べるのかをあらためてきいた。

「私は、事件を調べて、なぜ事件が発生したのかを週刊誌に書くのが仕事です。失礼ですが、こちらの会社に関係のある方が最近、事件に遭《あ》って亡くなっていますね」

茶屋は十一月八日に木曽川で他殺遺体で発見された本郷宣親の事件、それから十月三十日に奈良井川で遺体で発見された三松屋社員の宇垣好昭の事件をきっかけに、塩嶺社に関心を持ったのだと話した。

「宇垣さんは、こちらの会社に商談のために出張してきていたらしい。その商談と事件とは関係があるのでしょうか」

「ないと思います。いや、ありません。商談はスムーズにすすみました。宇垣さんは当社が新しく発注した社章の見本を持ってきたんです。それを何人かで検討したうえで、専務に見てもらいました。専務は塩嶺の令という部分の書体に注文をつけたので、それを宇垣さんに伝えました。宇垣さんの用事はそれですんだので、東京へ帰ったものと思っていました」

十月三十日の朝、奈良井川から遺体で発見されたと警察から連絡を受けてびっくりしたのだ、と白川は語った。

宇垣は、塩嶺社を訪ねた日の夕方、塩尻市内を女性と一緒に歩いていたのを、彼の顔を知っている塩嶺社の社員に目撃されていた。

「そのことはご存じですか」

「事件のあと、宇垣さんを見たと社員からききましたが、会社とは関係のないことだと思います」

白川は、茶屋の質問に答えたくないというふうに、横を向いた。

「本郷さんは、バット状の凶器で殴《なぐ》られたうえに、木曽川へ突き落とされたらしいとされています。本郷さんは事件に遭いそうな方だったのですか」

「そんな男ではありません。当社には事件に遭いそうな社員なんておりません。茶屋さんは警察官でもないのに、なぜ事件を詳しく知ろうとしているんですか」

白川の表情は険《けわ》しくなった。

「事件を詳しく書くためです。それには真相を知らなくてはなりませんので……」

白川は、腕の時計を見て腰を浮かすような素振りをした。

四章　二人の秘密

1

茶屋は取材ノートを開いた。

今回、中山道と木曽川を取材する計画を立てたのは、牧村の指示ではない。銀座の三松屋社員の朝波香織から、商品の高級腕時計が売り場から何者かによって持ち去られたときいた。れっきとした盗難事件である。その事件に香織がからんでいそうだと疑われているという相談を茶屋は受けた。香織はその事件に関係がないというので、被せられている嫌《けん》疑《ぎ》を晴らしたかったのである。

その相談を受けたとき、盗難事件調査に社員の宇垣好昭という男があたっているという事実をきいた。その宇垣は、香織が怪しいとにらんでいるらしいという話を、彼女の耳に入れた社員がいたということだった。

きけば香織は、数奇《すうき》な運命を背負った女性であることを茶屋は知った。彼は持ち前の好奇心から香織の生い立ちを知ろうとした。と、その矢先に、宇垣が、塩尻市内の奈良井川で殺害されるという事件が発生したのだ。

事件発生地点を地図で見ているうち、中山道の宿場を思い付いた。前から気になっていたこともあった。

それで「女性サンデー」に連載する今回の名川シリーズは、木曽川に決めたのだった。

茶屋が木曽川の取材をはじめたからではないだろうが、また事件が起きた。四十三歳で塩嶺社勤務の本郷宣親が、木曽川に浮いているのが発見された。その遺体の背中にはバット状の凶器で殴られたとみられる痕跡《こんせき》があったことから、殺されたものと判断された。

本郷は本社の技術営業部に所属していた。それは、納入した装置や機械の運転と技術指導などを行う部署で、他人から恨《うら》みを買うような性質の仕事をしていたわけではなかったという。

茶屋は塩嶺社を出ると、松本市今井の本郷宣親の住所を訪れた。二か所で尋ねてその家が分かった。鎖川《くさりがわ》の近くで、松本空港までは約二キロだという。学校も近いのか子どもたちの声が、田畑を越えてきこえた。

本郷の家には太字の表札が出ていた。レンガの塀が囲んでいるが、それはどうやら未完成のように見えた。塀のなかから葉を落とした柿の木が枝を伸ばしていた。

入口で声を掛けるとすぐに黒いセーターの中年女性が出てきた。本郷の妻だった。本郷さんについて尋ねたいことがあったのでというと、妻は、

「どうぞお上がりください」

といって、スリッパを出した。通されたのは八畳ぐらいの広さの洋間だった。壁には仏像の白黒写真とカラー写真の二点が架かっていた。茶屋はその写真に目を近づけた。線香の匂いがしたので、焼香《しょうこう》させてもらいたいといった。

「ありがとうございます」

妻は隣の和室へ案内した。

白い布をかぶった小ぶりの祭壇の中央には故人の遺影《いえい》があった。

遺影の脇に光った腕時計が供《そな》えられていた。故人がはめていたものなのだろうか。茶屋はその時計をのぞいた。秒針は動いていなかった。茶屋は、花か線香を持参しなかったのを後悔した。本郷の家族に早く会うことばかりを考え、礼を失したのを恥じた。

洋間へもどった。妻は緑茶を出してからやや俯《うつむ》いて、茶屋の名刺をあらためて読んだ。

茶屋は、自分の職業を話し、本郷の事件に関心を抱いたといった。

「関心をお持ちになったというのは、主人が遭った事件に疑問を……」

彼女は顔を上げ、茶屋の目を食い入るように見つめた。

「そうです。事件に遭われる前に、本郷さんには、普段とちがうようなことでもありましたか」

「いいえ、なにも。それまできいたことのないような話もしていません。うちには、高校生の女の子と中学生の男の子がいます。夕食のとき息子が、学校のサッカー部をやめたいといい出しました。理由は、高校の受験勉強に打ち込みたかったからでした。娘は賛成でしたけど、主人は運動をやめないほうがいいといっていました。家族全員で話し合うのが久しぶりでしたので、わたしはうれしくて、子どもの成長をあらためて実感していました。……次の日の朝、主人も、二人の子どもも、いつもと同じように家を出ていきました。主人は造りかけのレンガの塀を見てから、思い出したように、今夜は仕事の打ち合わせで人と会うので、夕飯はいらないといって、車を運転して出ていきました」

彼女は声を震わせると、両手で顔をおおった。

「いつもと変わらずに会社へ向かった主人は、夜の十時になっても、十一時になっても帰ってこないし、電話もありませんでした。わたしはキッチンの椅子で居眠りしていて、午前二時ごろに目を覚ましたけど、主人は帰っていませんでした」

彼女は途切れ途切れに話し、あふれる涙を拭《ぬぐ》っていた。

木曽川で発見された本郷の遺体は、解剖《かいぼう》検査された。その結果、彼は夕食に中華料理を食べていたことが分かった。彼はだれかと会って食事したらしいというので、警察では彼が夕食を摂《と》った店をさがしていた、と妻は小さい声で話した。

本郷は十一月七日の朝、妻に、今夜は仕事の打ち合わせで人と会うといって自宅を出ていた。彼は同日の夕方、だれかと会って中華料理を食べ、そのあと、何者かにバット状の凶器で背中を強打され、木曽川へ放り込まれたようだ。

本郷はだれと会って食事をしたのか。仕事上の打ち合わせだったとしたら、その相手を会社のだれかが知っていそうな気がする。

茶屋はあしたもう一度、塩嶺社の白川に会うことにして、松本市内のホテルに泊まった。

彼はホテルの部屋で夕食前に、取材ノートを開いて今回の事件を振り返りながらメモを整理した。

三松屋の宇垣好昭が殺された事件と、本郷宣親が遭った事件は、一本の糸でつながっているのではないか。宇垣と本郷をこの世から消したかった者の犯行だったように思われる。

取材ノートを閉じたところへ牧村が電話をよこした。

「先生はいま、事務所ですか」

「私は松本にいる。あしたもう一度、塩嶺社を訪ねることにしたので」

「塩嶺社というと、三松屋の宇垣と、塩嶺社の本郷の事件。二人の事件の核心に触れるヒントでも浮かびましたか」

「こういうことが考えられるんじゃないかと思った。……本郷は会社の極秘事項のようなことを、他社の宇垣に洩《も》らした。宇垣はそれを武器にして塩嶺社を強請《ゆす》ろうとした」

「ヒントがあるんですね」

「分からない。あした、宇垣と本郷が知り合いだったかを調べることにしている」

「先生の推測があたっていたとしたら、先生はあしたじゅうに、木曽川に浮かぶことになるでしょうね」

「縁起《えんぎ》でもないことを」

「殺人事件を調べているんですから、危険はつきものです。木曽川の取材を完成させないうちに、茶屋先生は……」

「なんだ」

「あしたは、黒いスーツを新調しておくことにします」

いつものことだが、牧村は、「では」とか、「おやすみなさい」とかをいわず電話を切った。

茶屋は、以前いったことのある馬刺しを出す店へ向かった。

その店には三人連れの客が二組いた。一組は地元の人たちのようだったが、一組は他所《よそ》からきたらしく、メニューを見て笑い合っていた。一人は若い女性だ。

茶屋は、日本酒と馬刺しをオーダーして、客の話をきいていた。他所からきたらしい客は、「蜂《はち》の子」「ざざむし」「ひび」「姿づくり」などを話題にし、女性店員にどんなものなのかをきいた。ざざむしは川のなかにいる黒い虫。ひびは蚕《かいこ》のさなぎ、姿づくりは蚕の蛾《が》だと、店員は説明していた。客の女性は身震いをもよおしたようだった。

2

翌日茶屋はあらためて塩嶺社を訪ねて、人事課課長の白川に会った。

白川は茶屋をしつこい男と見てか、機嫌を損《そこ》ねているような表情をした。

「本郷宣親さんのことをうかがいます。本郷さんは十一月七日の夜、だれかに会って中華料理を食べていました。だれと会ったのか、分かっていますか」

「安曇野《あずみの》市のバイオックスという会社の若松《わかまつ》という常務と会って、松本市内の芳華苑《ほうかえん》で食事をしています」

そこは松本城の近くの市内では有名なレストランだという。

若松とは、塩嶺社が納入することになっている機械装置について話し合いをした。二人は芳華苑で午後六時半に落ち合った。若松はビールを飲んだが、本郷は車を運転してきたのでといって飲酒しなかったようだ。二人の食事と話し合いは午後八時ごろに終わり、若松はタクシーで、本郷は自分の車に乗った。

その後、本郷の行方は不明になっていたが、翌日の朝、木曽川の桟《かけはし》の三百メートルほど上流で発見され、死亡していた。彼の車は木曽福島の木曽川左岸で下流方向を向いてとめられていた。

停止した車から本郷は降りた。本郷と会った何者かは、野球のバット状の棒で背中に一撃をくらわせて倒した。本郷は息をしていたが、背中への一撃により泳ぐことができず溺死した。

警察は、恨みによる犯行も視野に入れて捜査しているようであるが、いまのところ犯行にかかわったと思われる者は挙《あ》がっていないらしい、と白川は語った。

「本郷さんと会った者が乗っていたと思われる車の痕跡は、なにか見つかっていないのでしょうか」

「本郷の車の前後に、なんらかの痕跡があったと思います。現在警察では、その痕跡の分析をすすめているんじゃないでしょうか」

白川は険《けわ》しい表情をして話すと、内線電話で、「お茶を頼む」といった。

白いマスクをした細身の女性社員がお茶を持ってきた。白川は彼女に小さい声でなにかを指示していた。

「三松屋の宇垣さんが、こちらの会社を訪ねたあとのことについて、もう一度きかせてください」

「茶屋さんは、熱心なんですね」

「新聞の記事によると、宇垣さんと肩を並べて歩いていた女性が、だれだったかは分からないとなっていましたが、その後、だれだったか分かりましたか」

白川は、茶屋の顔をちらっと見てから声を出さずに首を横に振った。しかし、その振りかたは不自然だった。宇垣と歩いていた女性がだれだったのかは分かったが、それを答えたくないといっているように見えた。女性がだれだったかを隠したのだとしたら、その人は宇垣が殺された事件に関係があるのではないか。それを白川は知っているか、あるいは怪しいとみているので、答えないのではないか。

白川は警察から、宇垣が会社を訪ねたさいの行動などを詳しくきかれているような気がする。当然だが会社を出てから宇垣が会った女性について、心あたりはあるかきかれたことだろう。

宇垣が会っていた女性は、塩嶺社の社員ではないのか。その日、女性は会社を休んでいた。宇垣が出張してくるのを知っていたので休んだ。そうだとしたら、その女性と宇垣は特別な関係ではないかと疑いたくなる。

白川は人事課長だ。社内の人の動きに敏感であるはずだ。

茶屋は、宇垣が会っていた女性は重要だ、といいかけたが口をつぐんだ。

警察も、宇垣が殺害されたことと、彼と会っていた女性の関係を重要視して、事情をきいているにちがいない。

茶屋は、どうやったら宇垣と会った女性に接触できるか考えながら、事務棟を通り抜けた。そのとき、さっきお茶を運んできた女性が目に入った。女性はマスクをしてロッカーの前に立って、厚いファイルのような物を見ていた。上背《うわぜい》があって、肩に黒髪がかかっていた。

茶屋は、塩嶺社の門を出たところで走ってきたタクシーをつかまえ、松本市今井の本郷の家へ向かった。青黒い山の重なりのあいだに、白い山の頂《いただき》がのぞいていた。もう一か月もすれば、青黒く見えている山も白く塗り潰《つぶ》されるのではなかろうか。途中で線香を求めた。

本郷家へ着き、玄関で声を掛けると、裏側で返事の声がして、軍手をはめた本郷の妻が出てきた。本郷が積み残したレンガを積んでいるのだが、はたしてうまくやれるかどうか、といって、汚れた手袋の手で腰を叩《たた》いた。

「どうぞ、お上がりください」

彼女はそういって玄関へゴム長靴を脱いだが、きょうはどんな用事かと茶屋にきかなかった。

茶屋はきょうも、本郷の遺影に焼香した。

遺影の脇では光沢を放つ腕時計の止まった秒針が、故人の止まった時を連想させる。茶屋は、三松屋の売り場から消えていたという高級腕時計の一件を思い出した。何者かに持ち去られたらしい時計がこれではないのか。

妻は、お茶を出してから茶屋の正面へすわった。

「思い付いたことがあったので、あらためておうかがいしました」

茶屋がいうと、妻は黙ってうなずいた。主人について知っていることなら、なんでも話すといった。

「奥さんは、三松屋の宇垣好昭さんという人を、ご存じでしたか」

「知っていました。一年ぐらい前でしたか、主人が宇垣さんをここへ招《よ》んで、子どもたちと一緒にすき焼きを食べました。宇垣さんが上等の肉を持ってきてくださったんです。宇垣さんは出張してくるたびに主人と会っていたようで、以前からお名前をきいていました。年齢が同じぐらいでしたので、話が合うらしくて、学生時代の思い出なんかを話していました。……塩嶺社と三松屋は、取引関係が長いようで、社員の制服も三松屋に頼んでいたんです。うちには三松屋製の制服が何着もあります」

彼女は、壁の仏像の写真を見るような目をして話した。

「宇垣さんもご不幸な目に遭いましたが、それを知った本郷さんはどんなことをおっしゃっていましたか」

「会社から帰ってきた主人が、台所にいたわたしに、『三松屋の宇垣さんが殺された』といったんです。わたしはびっくりして、すわり込んでしまいました。……主人は、なぜだろうと、蒼い顔をしてつぶやいていました」

殺された原因のようなことはいっていなかったという。

「親しかった宇垣さんが殺された。本郷さんはショックを受けたでしょうね」

「それは、それは……。深刻な顔をして、わたしがなにをきいても、ろくな返事をしないで、ご飯も喉《のど》を通らないようでした。……事故に遭ったんじゃなくて、殺されたのでしたから……」

彼女は両手を頬にあてた。それから何日も経《た》たないうちに、本郷が殺された。

「奥さんは、宇垣さんと本郷さんの事件は、関連があるとお思いですか」

「そうは思いたくないですけど、つづけて事件に遭ったのを考えると、主人と宇垣さんはなにかを隠していて、それを知られたくない人がいるのではと、わたしは考えたりしています。……主人の事件は、子どもたちの同級生にも知られています。学校からは担任の先生がきてくれて、事件には一切触れないことにしているといっていました。もしも子どもたちが、学校へいくのが嫌だといったら、引っ越ししようと考えています。娘は、『わたしは大丈夫』といってくれましたけど」

彼女は下を向いて、か細い声で話した。

「本郷さんと宇垣さんが、なにかを知って、それを隠していたとしたら、会社に関係のあることだと思いますか」

「そういうことがあったとしたら、会社の関係しか考えられません」

彼女はまた壁の仏像の写真のほうへ顔を向けた。

茶屋は彼女の表情を観察していたが、夫と宇垣が隠していたかもしれない秘密については知らないようだった。

たとえばそれが会社の秘密だとしたら、なにか不正な取引にからむことではないか。そういうことを二人だけが知っていたのか。三松屋と塩嶺社は、株の持ち合いなどで関係があることも考えられる。

茶屋は、邪魔をしたといって立ち上がろうとした。と、一人の女性の姿が浮かんだ。その人は白いマスクをしていた。

3

午後五時十五分、塩嶺社の終業ベルが小さくきこえた。茶屋はタクシーの車内で、社員が門を出てくるのを待っていた。

二十分ほど経つと、四、五人ずつがかたまって門を出てくるようになった。彼らはこれから食事でもするかのように、仲よさげに笑い合ったりしていた。

ベルが鳴って三十分ばかりして、白いマスクをした上背のある女性が出てきた。彼女はひとりで歩いてくる。

タクシーを降りた茶屋は、後ろから彼女を呼びとめた。彼女は立ちどまって振り向くと、警戒するような目つきをした。茶屋は頭を下げて、「あなたにうかがいたいことがあるので」と、一歩近寄っていった。

「昼間、白川課長にお会いになっていた方ですね」

彼女は、マスクの紐《ひも》に手をやった。

茶屋はうなずき、白川課長にききそびれたことがあったので、といって道路の端に寄った。お茶でも飲みながら話をききたいと茶屋がいうと、彼女はあらためて彼の風采《ふうさい》を確かめるような表情をしてから、了承の返事をした。

会社付近には店がないので、二人はタクシーで松本空港の隣接地のカフェへ向かった。店に着くと彼女はマスクをはずした。三十歳ぐらいに見えた。

茶屋が名刺を渡すと、

「中島悠子《なかじまゆうこ》です」

と名乗って微笑した。眉を茶色に細く長く引いていた。

茶屋は、単刀直入《たんとうちょくにゅう》にきくがと断わって、

「三松屋の宇垣好昭さんをご存じでしたか」

といった。

「何度かお会いしたことがあります」

宇垣が死んだからか、彼女は小さい声で答えた。

「宇垣さんの今回の訪問の目的はなんでしたか」

「社章のバッジを新しくするとかで。一か月ほど前にデザインの変更をお願いしていたので、宇垣さんは新しいバッジの見本を持ってこられました。それを総務課員が見てから、専務に見ていただきました。デザインの一部を変更することになったようだと白川課長がいっていましたが、それで宇垣さんのご用はすんだようでした」

彼女は、白いコーヒーカップのあたりに視線をあてて答えた。

「宇垣さんは、塩嶺社の用事を終えてから、女性と会っていたということでしたが、その女性がだれだったかを、あなたは知っていますか」

彼女は細い首を少しかたむけた。どう答えるかを迷っているようにも見えた。

茶屋は彼女の表情に注目していた。

「警察の方からもきかれました」

「宇垣さんが会っていた女性についてですね」

「はい」

「中島さんは、その女性がだれだったかをご存じだったんですね」

「わたしは、宇垣さんが女性と一緒にいるところを見たわけではありません。ですが、宇垣さんと親しかった人を知っていましたので……」

それは、どこのだれなのかと茶屋はきいた。

「二年ぐらい前まで塩嶺社の購買部に勤めていた椎名未果《しいなみか》さんだと思います」

椎名未果は、現在二十六、七歳だろうという。

松本市の中心街に近い女鳥羽《めとば》に、開和堂《かいわどう》という老舗《しにせ》の和菓子屋がある。椎名未果はその店の娘で、市内の短大を卒業して塩嶺社に就職した。毎月、一日か二日会社を休むので、上司から注意を受けていたような社員だったらしい。

「あなたは、椎名さんとは親しいのですか」

「親しいとはいえません。彼女が会社に勤めているとき、ほかの同僚と一緒に食事をしたことぐらいはあります。気さくで、飾り気のない話しかたをする人でした。彼女が会社を辞めてから一度、日曜日に、お城の近くでばったり会いました。歩いていた彼女を見つけて、わたしが声を掛けたんです。五、六分、立ち話をして別れました」

「そのとき椎名さんは、どこかに勤めていましたか」

「お仕事は、ってわたしがきいたら、『菓子屋の店員です』といって笑っていました」

「菓子屋とは、開和堂のことですね」

「おそらく」

彼女は警察でも同じことをきかれ、同じように答えたのだろう。冷めたコーヒーを一口飲むと、腕の時計を見て、

「家で母がわたしの帰りを待っていますので」

といって、バッグを膝《ひざ》にのせた。一瞬だが急に哀《かな》しげな表情をしたので、母親がどうかしたのかと茶屋はきいた。

「母は一年前に勤め先で倒れました。脳の病気です。入院していましたが、リハビリをつづけて、家の中だけはどうにか動けるようになりましたけど、食事の支度《したく》などはわたしが……」

彼女はそういうと下唇を軽く嚙んだ。

家族は母親しかいないのだろう。

茶屋は、彼女の家族構成を想像しただけで、それ以上きくのをやめ、タクシーで送ることにした。

彼女は、「助かります」というと、また白いマスクを掛けた。

彼女の自宅は、奈良井川を渡ったところだった。タクシーを降りると彼女は頭を下げて、転がるように小路へ消えていった。

タクシーに乗ったままの茶屋は、ノートに「中島悠子」とメモした。もう会うことはないだろうと思った。

タクシーの運転手に、女鳥羽の開和堂という和菓子屋へ行きたいと告げると、その店なら知っているといった。

車は繁華なところを通った。松本市には約二十四万人近くが住んでおり、上高地《かみこうち》や穂高《ほたか》連峰を抱えて「岳都《がくと》」、旧《ふる》い学校があり教育に熱心な土地柄から「学都」、音楽の発展にも力を注いでいる面から「楽都」とも呼ばれ、訪れる客の数は年々増加しているといわれている。茶屋は国宝の松本城を二度見学しているが、天守へ上がる人が長い行列をつくっていたのを憶えていた。

「ここです」

運転手は開和堂の前で車をとめた。一階の屋根の上に厚い木製の看板がのっていて、それにライトがあたっていた。店には客が二人いたが、女性店員から紙箱を受け取ると出ていった。

茶屋は白い帽子をかぶっている若い女性店員に、

「椎名未果さんに会いたいのだが」

と問い掛けた。

女性店員は後ろを向くと、「未果さん」と奥へ声を掛けた。

白い帽子に白衣を着たやや小柄で丸顔の女性が出てきた。その人が未果だった。

茶屋は名刺を渡すと、ききたいことがあるので少し外へ出られるかときいた。

未果は茶屋の顔をじっと見てから、小さくうなずいた。いったん奥へ引っ込んだ彼女はセーター姿になり、腕にジャケットを掛けて店の横から出てきた。自宅は店の奥らしい。

「お忙しいところを、突然うかがって……」

申し訳ないと茶屋がいうと、

「大して忙しくはないんです。わたしは見習いみたいなもので、職人の手伝いをしているだけなんです」

彼女は外へ出ることができたのをよろこんでいるようで、茶屋に対して警戒心もないらしい。

「開和堂さんは、旧《ふる》いお店のようですね」

茶屋は歩きながらきいた。

「父が六代目なんです」

近くの店で食事をしないかと茶屋が誘うと、市役所のすぐ近くのレストランがいいと、彼女はまるで知り合いと会っているようないいかたをした。

「ききたい話って、どんなことですか」

彼女は彼と肩を並べて歩きながら、ときどき彼の顔を見上げた。

歩きながら話すことではないような気がしたが、彼女が早く用件を知りたがっているようなので、三松屋の宇垣好昭に関することだと答えた。

「わたしのことを、だれからきいたんですか」

和菓子職人は繊細《せんさい》な技術を身に付けていそうだが、彼女の話しかたには粗削《あらけず》りの感があった。

「塩嶺社の社員からです。あなたと宇垣さんの間柄は、何人もの社員に知られているようです」

「そうでしょうか。宇垣さんもわたしも、秘密にしていたつもりですけど」

「警察でも、宇垣さんとはどういう間柄だったかをきかれたと思いますが……」

「きかれました。宇垣さんと一緒に歩いていたのを見た人がいるし、二人の間柄を知っている社員がいると、刑事はまるで、わたしが事件に関係しているみたいないいかたでした」

レストランに着いた。白い格子のドアを入った。客は三組入っていた。未果はたびたびこの店を利用しているらしく、店員に話し掛けて窓ぎわの席へ案内してもらった。

「歩きながら思い出しましたけど、茶屋さんは女性向けの週刊誌に、金沢や広島の川で起きた事件について、何回も書いていましたね。わたしは美容院や歯医者さんでもその記事を読みました」

茶屋は何年も前から全国の名川へ取材に訪れていると話した。

店員がオーダーにきた。

「わたしはいつも、ワインを飲みますが、茶屋さんは……」

「わたしも、いただきます」

彼女は、ボンゴレのパスタと、エビとホタテのサラダを頼んだ。

茶屋も同じものにした。

「宇垣さんとは、いつごろから親しくされていたんですか」

「四年ぐらい前から二年前まで……」

彼女は顔を少し上に向けてまばたいた。宇垣とすごした時間を振り返っているようにもみえた。宇垣は三松屋の社内でも女性関係の噂がある男だが、社外でもそのようなことが多かったのかもしれない。彼女は宇垣が出張してくるたびに会っていたにちがいない。いや、彼女が東京へ、彼に会いにいくこともあったのではないか。

テーブルに置かれたグラスに白ワインが注がれた。彼女はグラスを持つと、一瞬、にこりとした。

「宇垣さんは、どんな方でしたか」

茶屋がきいたが、彼女は答えず、ワインを一口飲むと、

「北海道へ連れていってくれました」

と、つぶやくようないいかたをした。

「北海道へ。時季はいつでしたか」

「夏でした。美瑛《びえい》では広いお花畑を何時間も眺めていました」

花畑の彼方《かなた》には、大雪《だいせつ》と石狩《いしかり》の山々が青く、または黒く連《つら》なっていたはずである。

宇垣は次の日には彼女を摩周湖《ましゆうこ》へ案内したという。

「湖を見下ろしているうちに、厚い霧《きり》が流れてきて、周りが暗くなって、きれいなブルーの湖が見えなくなりました。わたしは恐くなって、展望台にしゃがみ込んでしまいました。……宇垣さんはなにもいわず、わたしの横に立っていましたが、何十分かすると、霧は左のほうへ動いていき、湖面が右のほうから見えはじめたんです。……彼は、そういう気象条件を知っていたらしくて、対岸のほうをじっと見ていました。彼が教えてくれた山の名を、わたしは憶えています」

「山の名前……」

「カムイヌプリです」

摩周岳《ましゅうだけ》である。

彼女の瞳が涙に濡れているように見えた。

「警察できかれたでしょうが、宇垣さんがなぜ殺されたのか、あなたには分かりますか」

「分かりません。彼が事件に遭ったことがいまでも信じられません」

彼女は酒が顔に出ない性質なのか、二杯目をオーダーした。

パスタが出てくると、馴れた手つきでフォークを使った。

「あなたは、本郷宣親さんもご存じでしたか」

「会社に勤めているあいだに、会ったかもしれませんが、憶えてはいません」

「本郷さんは、宇垣さんにつづいて殺された。二人は知り合いだったと思いますか」

「分かりません。会社を辞めて二年経ちましたし、いまは付合いのある社員もいません」

宇垣が殺害されたのは、十月二十九日の夜間だった。椎名未果とホテルで数時間すごし、彼女と別れたあと、何者かの車に乗って、あるいは車に押し込まれて、凶行現場付近へ連れていかれたということも頭をよぎった。

4

椎名未果と食事しながら話しているうちに、新宿行き最終の特急には間に合わなくなった。松本でもう一泊することにして、ホテルに着いた。取材ノートを取り出して、きょう会った塩嶺社の中島悠子と、開和堂の椎名未果との会話を思い出しながらメモを取った。

中島悠子は病身の母親を抱えているということだった。結婚しておらず、母親との二人暮らしのようだ。結婚していないのは、母親の病気が影響しているのかもしれない。

彼女は家に母を残して出勤している。母娘《おやこ》はどんな夕食を摂《と》っているのかを、茶屋は想像した。

椎名未果も独身だといっていた。彼女は三松屋の宇垣と親密な関係を結んでいた人だ。宇垣は彼女を北海道に連れていっている。彼女はこれからもときどき、宇垣といった北海道を思い出すことだろう。

茶屋は宇垣と未果の間柄もメモした。そのとき、朝波香織から宇垣についてきいた話を思い出した。

宇垣好昭は、以前、三松屋に勤めていた人と結婚して、子どもを二人もうけている。ところが三松屋の日用雑貨売り場に勤めている二十二歳ぐらいの女性と親密だという噂がある、ということだった。

茶屋はサヨコに電話した。

「あら、先生。どうしました。こんな時間に……」

彼女は英会話教室に通っていて、いま帰宅の途中だといった。

「香織さんは、まだしばらく三松屋に勤めるんだね」

「今年一杯は勤めるつもりだっていってましたけど」

「奈良井川で殺された宇垣には、三松屋の若い店員と特別な関係をもっているらしいという噂があった。その噂の女性はだれかということと、その女性は十月二十九日に出勤していたかを、香織さんに確認してもらってくれ」

「了解しました。……きょうの松本は寒いですか」

「きょうはそうでもないし、晴れていて雪をかぶった山が見えた」

茶屋は、あすは午前中に事務所に着くといって電話を切った。

さっきのレストランで椎名未果はワインを二杯飲んだが、茶屋は一杯だけだった。メモを取り終えると、ホテル内の自販機で缶ビールを一本買った。

ビールを手にして窓辺に立った。ホテルの暗い駐車場から車が一台、闇《やみ》を掃《は》いて出ていった。

それを見ているうちに戸久地昌大という男を思い出した。木曽福島のきのした旅館に勤めている戸久地文加の弟だ。

彼は塩嶺社の本社に勤めていたが、東京支社勤務になった。東京支社からアメリカへ出張し、その出張先から退職を願い出て、行方が分からなくなったという。東京支社でも本社でも、茶屋の問い合わせに対して、「帰国したかどうかも不明」と回答した。本人とは連絡が取れなくなったこともあり退職願を受理したという。

戸久地昌大とは奇行のある男だったのだろうか。茶屋は昌大を詳しく調べてみようと思った。

松本を朝八時に発つ特急に乗って、十時四十五分に新宿に着いた。松本・新宿間は約二百二十五キロ。一分の狂いもなく運行されたのだった。

事務所へ飛び込むように入ると、サヨコとハルマキは赤いセーターを着ていた。二人が同じ色の物を着ているのは珍しいことだったので、話し合ってのうえかと茶屋がきくと、

「偶然、偶然。同じように見えるけど、糸の太さも編《あ》み方もちがっているんですよ」

サヨコはパソコンに話し掛けるようにいった。

「だいいち、値段がちがう」

ハルマキだ。サヨコのほうが数段高価だという。

茶屋は夕方、塩嶺社の東京支社を張り込むことにした。ハルマキを連れていくことにしたので彼女に都合をきくと、

「オーケーですよ」

と、大きい声で答えた。

サヨコのほうが機転《きてん》が利きそうだが、彼女は最近、英会話の勉強に通っている。

ハルマキは、目立ちそうな赤いセーターをベージュのコートで隠した。

塩嶺社の東京支社のビルはグレーのタイル張りで地味な印象だった。

「でも、新しそうなビルですね」

ハルマキは、黒いバッグを肩に掛けている。

午後五時二十分ごろになるとビルから一人二人と、社員らしき人たちが出てくるようになった。

「あのビル全体が塩嶺社じゃないんでしょ」

「関連会社も入っているらしい」

茶屋とハルマキは、道路の反対側の車の陰に立っていた。ビルから出てくるのは女性のほうが多かった。大音響の音楽を鳴らし、車体に水着の女性の絵を描いた車がゆっくりと

通りすぎた。

「あ、あの女性」

茶屋はビルから出てきたメガネの女性を指差した。この前、橋本という総務部次長に会ったとき、応接室にお茶を持ってきた丸顔の小柄な社員だった。彼女はバッグを胸に抱えて、新橋駅方面へ向かった。

茶屋は道路を渡りながら、女性に声を掛けた。振り向いた女性は、目を丸くしたが、茶屋を思い出したのか頭を下げた。二十代後半だろう。丸いメガネを掛けた顔には愛嬌《あいきょう》があった。彼女は、茶屋の横に立ったハルマキにも頭を下げた。

「あなたに、うかがいたいことがあったので、帰りを待っていたんです」

茶屋がいうと、彼女はバッグを胸に押しつけてうなずいた。

会社からは少しはなれたほうがいいと提案すると、ビルのあいだの細い道を通り抜け、新しいビルの地階へ下りた。茶色の窓枠のカフェへ入った。

「高瀬真梨《たかせまり》です」

彼女は、茶屋が名をきかないうちに名乗った。

「この前、会社へお見えになったとき、次長に、茶屋さんがお書きになっている本のことを話しました。次長は、茶屋次郎さんを知らなかったんです」

茶屋とハルマキはコーヒーを、真梨は紅茶をオーダーした。

「あなたにおうかがいしたいのは、社員だった戸久地昌大さんについてです」

茶屋がいうと、真梨は、痛いところを突かれたかのように一瞬目を瞑《つむ》った。戸久地昌大を知っていたにちがいない。

「戸久地さんは、塩尻市の本社から東京支社へ転勤になったんですね」

茶屋がきくと、真梨は緊張からか肩に力を入れたように見えた。

「あのう、わたしのいったことが、会社の者に伝わらないでしょうか」

「絶対に伝わりませんので、心配しないでください」

真梨は首を小さく動かすと、戸久地昌大は技術営業要員として転勤してきたのだと答えてから、茶屋がなにに不審を抱いているのかときいた。

「納得できないことがあるんです。……戸久地さんはアメリカへ出張したらしいが、それは事実ですか」

真梨は唇を噛んだ。どう答えようかを迷っているように見えたが、首を横に振り、

「アメリカへ出張してはいません。アメリカへ行ったとしたら、それは観光か、自分の用事で、短期間だったと思います」

本社でも支社でも、戸久地はアメリカへ出張中、現地から退職を願い出て行方が分から

なくなったといっている。なぜそんなつくり話をするのか。富山市の母親は、「昌大は外国へいっています」と、茶屋の質問に答えた。彼が外国とはどこかときいたところ、知らないといった。母親は会社または昌大本人から、昌大は外国へいっていることにしてくれといわれているのではないだろうか。

「戸久地さんになにかあったんじゃないでしょうか。それを知られたくないので、アメリカへいって、現地から行方が分からなくなったことにしていると」

茶屋がいうと、真梨はまた目を瞑り、メガネのずれを直すようにフレームに指を添えると、

「戸久地は、関係会社へ出向していました」

「関係会社へ。……それはなんという会社ですか」

「奈良井建設といって、港区高輪《たかなわ》に本社があります。建売住宅の建築と販売会社で、塩嶺社が十年ぐらい前に買収した会社です。戸久地はその会社の住宅展示場に勤めていました」

「住宅展示場に……。それは初めてききました。それはいつごろのことですか」

「五、六年前だったと思います」

「その会社へは何年ぐらい出向していたのでしょうか」

「一年か一年半ぐらいではないかと思います」

「奈良井建設から塩嶺社へもどってきたんですね」

「もどってはこなかったんじゃないでしょうか」

真梨は小首をかしげて慎重そうな口調で答えた。

戸久地昌大は出向中に退職願を出したのか。なにか不満でもあって、辞めたくなったのだろうか。彼は塩嶺社で技術営業の部署にいた。得意先へ納入した装置などの試運転や操作方法を指導する社員だという。本社においてその知識と技術を学んで、東京支社へ送り込まれたのに、関係会社へ出向させられて、住宅の展示場で、見学にくる客の相手をしていたのか。

「住宅の展示場というのは、日曜や休日が忙しいのでは……」

茶屋がいった。真梨は、そうだろう、というふうに首を動かした。

戸久地昌大は、塩嶺社からまったく業種ちがいの関係会社に出向した。必要があったからそうしたのであれば、べつに隠すことではないではないか。それなのになぜアメリカへ出張し、その出張先から退職を願い出たなどといっているのか。

「戸久地さんが、奈良井建設へ出向していたのを知っている社員は大勢いますか」

「総務部には当時のことを知っている人はいるはずです」

「関係会社への出向を隠して、アメリカへ出張したという、つくり話を知っている社員は何人もいますか」

「それも何人かはいると思います」

「戸久地さんが塩嶺社を退職したのは、正確にはいつですか」

真梨は首をかしげて、六年ぐらい前だったと思うと答えた。

茶屋は、戸久地昌大の住所が分かるかときいた。人事記録を見れば分かると真梨は小さい声で答えた。住所と、退職年月日を調べてもらいたいというと、あした電話しますと答えた。真梨も、戸久地昌大の退職には疑問を持っていた一人だったようだ。

5

高瀬真梨は、約束どおり茶屋に電話をよこした。けさはいつもより早く出勤して、戸久地昌大の人事記録を見たのだという。

住所は、北区赤羽《きたあかばね》。塩嶺社東京支社から奈良井《いがん》建設へ出向していたはずだが、出向の記録はなくて、五年前の一月、東京支社において依願退職となっていたという。

「わたしは、戸久地が退職したのは夏だったと記憶していましたが、冬だったんですね」

真梨は首をかしげているようないいかたをした。

茶屋は、「彼女の記憶」もメモに残した。

「戸久地昌大さんについて、なにか思い出したことがありましたら、また連絡してください」

茶屋がいうと、「そうします」と彼女はいって電話を切った。

「おかしい……」

茶屋はつぶやいた。戸久地は奈良井建設へ出向していたのに、まるでその事実を隠すように記録されていない。それと、アメリカへ出張していたというが、その記録もなく、東京支社において依願退職となっている。アメリカ出張中に退職を願い出て、帰国したのかどうかも定かでない、といっているのをどう解釈すればいいのか。

「出掛ける」

茶屋は椅子を立った。

「どこへ……」

サヨコはパソコンの画面を向いたまままきいた。

「北区赤羽の戸久地昌大の住所。彼はいまもそこに住んでいるかも」

「なにをしているのか。どこに勤めているのかが、分かるといいですね」

サヨコはそういいながら、木曽川を書くための取材旅行をした人が、それを忘れてしまったように、方向ちがいのほうへ歩いている、とつぶやいた。

塩嶺社に記録されている戸久地昌大の住所は、円照寺《えんしょうじ》の裏側にあたる「あかつき荘」というアパートだった。そのアパートには八部屋あるようだが、彼が住んでいた、あるいは現在も住んでいる部屋がどれかは分からなかった。鉄製の階段の下のメールボックスに、名札を入れているのは三室だけ。

アパートの家主が分かった。以前は食料品店だったという家で、道路に面した二階屋にはその名残《なご》りがあった。古くなったガラス戸は少しかたむいている。そこへ声を掛けると六十代ぐらいの大柄の主婦が顔を出した。

戸久地昌大という人のことをうかがいたいのだが、現在も住んでいるのかときくと、

「戸久地さんが住んでいたのは五、六年前です」

主婦は怒っているような声で答えた。

「独り暮らしでしたか」

「独りでしたよ。真夏のことでしたけど、何日も帰ってこないようでしたし、家賃も納めてもらえないので、わたしは何度もドアをノックしたり、呼んだりしましたが、ずっと留

守をしているようでした。お姉さんが保証人になっていたので連絡すると、二、三日してきてくれました。戸久地さんに似ず、とてもしっかりしたきれいな人だったのを憶えています」

主婦はコンクリートを張った広いたたきへ茶屋を招いて、パイプ椅子をすすめた。

「戸久地さんは長期間、部屋を空けていたようでしたが、どこへいっていたんでしょうか」

「お姉さんがいうには仕事で外国へいっている。いつ帰ってくるか分からないので、部屋を整理すると」

「お姉さんが整理したんですね」

「わたしはお姉さんと一緒に部屋を見ました。二階の東側の角部屋です。……布団と小さなテレビと、本が何冊も積んでありました。箒《ほうき》と雑巾《ぞうきん》があって、男の人にしてはきれいにしていたことが分かりました」

「戸久地さんが住んでいるあいだに、訪ねてきた人はいたでしょうか」

「さあ。わたしは見たことがありませんでした。いつも部屋に灯りが点《つ》くのが夜遅かったし、日曜にも仕事があるのか、出掛けていました」

姉は家賃などを精算して、弟の荷物を車に積んで運んでいったという。

「奥さんは、戸久地昌大さんに何度もお会いになってましたか」

「何回かは会っています。姿勢がよくて、礼儀正しい人でした。やさしげな声で話す人だったのを憶えています。お姉さんは、はきはきとものをいう人でした」

茶屋は、昌大の姉の文加が訪れて、部屋を整理して、家賃などを精算していった年月日を知りたいといった。

主婦は記録があるはずだといって、薄暗い廊下の奥へ入っていったが、五、六分してノートを手にしてもどってきた。

そのノートの記述によると、戸久地昌大の部屋を姉が整理したのは、六年前の九月末日であった。

彼が塩嶺社を退職したのは、五年前の一月。

六年前の九月末日の時点で、昌大は北区赤羽のあかつき荘には起居《ききょ》していなかった。いつからかははっきりしないが、彼はアパートへは帰っていなかったようだ。姉はアパートの家主に、『弟は仕事で外国へいっている』といった。

茶屋の頭に、けさ高瀬真梨が口にした『戸久地が退職したのは夏だったと記憶していましたけど、冬だったんですね』という言葉がよみがえった。もしかしたら彼女の記憶は正しいのではないか。茶屋はノートのメモにいくつもの印を付けた。塩嶺社に残っている戸久地昌大の退職の年月日は、まちがいではなくてなにかを隠すための偽《いつわ》りではないかという思いが濃くなった。

茶屋は、港区高輪の奈良井建設を訪ねた。乳白色のタイル張りのビルは新しそうに見えた。入口からの通路は裏側まで通り抜けられるようになっていた。壁にはさまざまなかたちの住宅の写真が貼られていたし、何か所もの住宅展示場を写したものもあった。

女性社員に、以前勤めていた人のことをうかがいたい、と告げると、会議室へ案内され、

「総務課長がまいりますので、しばらくお待ちください」

といわれた。

十分ほどしてあらわれたのはメガネを掛けた四十歳見当の畑山《はたけやま》という課長だった。

「前に勤めていた社員というと、だれのことですか」

畑山はメガネの縁に手をあてた。

「戸久地昌大さんです」

畑山は、驚いたというようにメガネの奥の目を丸くした。

「戸久地は短期間だけ勤めておりましたが、どういうことをお調べですか」

「いつからいつまで勤めていて、どういう理由で辞めたのかをお教え願えませんか」

畑山は、テーブルに置いた茶屋の名刺を見直すようにしてから、

「週刊誌などでお名前だけは存じていますが、なぜ戸久地のことを……」

畑山は興味深そうにきいた。

「戸久地さんは、塩嶺社の社員でした。塩尻の本社から東京支社へ転勤になった。ところが業種ちがいのこちらの会社へ出向して、住宅展示場に勤めていた。なぜこちらへ出向したんですか。塩嶺社での業務とこちらの仕事内容はほとんど関係がないような気がしますが……」

「本人を観察していて、当社の業務のほうが向いていると判断したので、出向というかたちできたんだろうと思いますが。……正直にいいますと、当社は一時、業績が不振でした。そこで塩嶺社がテコ入れをして、やや業績が上向いたところで買収され、子会社のかたちになりました」

「塩嶺社からは何人も出向してきているんですか」

「一時、幹部の何人かが……」

「一般社員で、出向してきたのは戸久地さんだけなんですね」

「そうだったと思います」

畑山の答えかたが曖昧になった。

塩嶺社でなにがあったのか。戸久地昌大は重大なミスでも起こしたのか。それをきくと畑山は、

「ミスを起こしたからといって、社員を出向させるなんてことはないと思います」

と、眉をひそめた。

戸久地は、住宅展示場でどれぐらいの営業成績を挙げたのか、と茶屋はきいた。

「大過《たいか》なく勤めていました」

「戸久地さんはアメリカへ出張されたということですが、それはほんとうですか」

「ほんとうです」

畑山の眉間が曇《くも》ったように見えた。

「アメリカ出張は、塩嶺社の指示ですか。それともこちらの会社の指示で……」

「そういうことは答えられません。茶屋さんは細かいことまで知ろうとしているようですが、目的はなんですか」

「戸久地さんは、アメリカ出張中に退職を願い出て、その後の行動は不明ということです。それが事実だとしたら、現地において、事故か事件に巻き込まれたことも考えられます。……戸久地さんが退職願を出したあとの行動を、会社はお調べになりましたか」

「正確には塩嶺社の社員でしたから、塩嶺社が調べたと思います」

「その結果をおききになっていますか」

「さあ、私はきいていません」

「塩嶺社は戸久地さんを東京支社へ転勤させた。東京支社は彼を関係会社の奈良井建設さんへ出向させた。そして、どういう業務なのかアメリカへ出張させた。海外へ出張させるには重要な任務を負ってのことと思います。そういう社員が、出張先から退職を願い出た。……どうも不自然な気がしますが……」

茶屋は、どうみているのかを畑山ににじり寄るようにきいた。

「他人には不自然に映《うつ》るのかもしれませんが、会社としては必要なことだったんです。……出張先での仕事が計画どおりでないというか、思うようにすすまなかった。それで責任を感じて辞める気になったということでは」

「戸久地さんの退職は、いつになっていますか」

「五年ほど前です」

「重要なことなんです。アメリカへ出発したのがいつだったかを、記録で調べていただけませんか」

畑山は機嫌を損《そこ》ねたのか、黙って立ち上がると部屋を出ていった。

彼は、人事記録を見たのか十五、六分経ってもどると、五年前の一月だと答えた。

海外出張のまえは、どこの住宅展示場を担当していたのかをきくと、そんな細かいことまで、と、小さい声でいい、世田谷区の砧《きぬた》公園近くの展示場だと、眉を寄せて答えた。

五章　不《ふ》可《か》解《かい》な退職

1

奈良井建設の住宅展示場は、環状《かんじょう》八号線沿いで、砧公園の隣接地にあった。道路沿いに旗がいくつもはためいていて、二階建てのタイプの異なった住宅が六棟、レンガを敷《し》いた道をはさんで建っていた。住宅の周りには鉢植《はちう》えの花も置かれている。

六棟のうちの一棟には庭があり、ガレージがあって、他の五棟より広かった。その住宅を見学にきたらしい人の姿が二階の窓に映った。

茶屋はその住宅から少しはなれたところで、大通りを行き交《か》う車の流れを眺めていた。

住宅を見にきていたのは四十代前半の夫婦のようだった。夫婦は展示住宅を出てから紺《こん》のスーツ姿の係員と話し合いをしていた。

夫婦らしい二人は、オフホワイトの乗用車に乗った。係員はその車に頭を深く下げ、見えなくなるまで見送っていた。

係員は三十代後半見当の痩《や》せぎすの男だった。

茶屋は男の前へ近づくと、何年か前、この展示場で案内係を担当していた人のことをききにきたといって、名刺を渡した。係員も名刺を出した。男の名刺には「奈良井建設　設計部　桐生達三《きりゅうたつぞう》」と刷ってあった。

「茶屋次郎さん……」

桐生は、茶屋と名刺を見比べていたが、

「週刊誌に物語を書いている方では」

といった。茶屋がうなずくと桐生は、妹が毎週のように買っている週刊誌で、茶屋次郎の名を知ったのだといった。

「ありがとうございます。来月発売の『女性サンデー』には、木曽川を書くことにしています」

茶屋はにこりとした。

「そういう方が、以前、この展示場にいた社員のことを……」

桐生は茶屋の名刺を持ったままきいた。

「戸久地昌大という人ですが、ご存じですか」

「ああ、憶《おぼ》えています」

「どんな人でしたか」

「真面目そうな、口数の少ない人だったと思います」

桐生は戸久地のことを思い出そうとしてか、首をかしげた。

「戸久地さんは、塩嶺社の社員でしたが、奈良井建設さんへは出向のかたちで勤めていたようです。憶えていらっしゃいますか」

「そうですね。そんなことを本人からきいたような気がします。その戸久地さんのことを、茶屋さんがどうして……」

桐生は茶屋の目の奥をのぞくような表情をした。

「戸久地さんが会社をいつ辞めたのかを知りたいんです」

「いつ辞めたかを……」

桐生は瞳を動かし、西陽があたりはじめた住宅のほうを向いた。

「戸久地がいつ辞めたかということなら、会社へ問い合わせれば分かるはずですが」

「それがおかしいのです」

「おかしいとおっしゃいますと……」

「戸久地さんは、アメリカへの出張を命じられた。どういう目的だったかは分かりませんが、現地から会社へ、退職を願い出たということです」

「戸久地がアメリカへ出張……。それは出張ではなく個人的な旅行では。塩嶺社の子会社にエンレイという商社があって、塩嶺社の装置や機器を、アメリカへもアジアの各国へも輸出しています。アメリカへ行く都合があればエンレイの社員を派遣したはずです」

桐生はそういうと腕組みして、思い出したことがあるといった。

茶屋は彼の顔に注目した。

「戸久地は、日曜日……」

桐生はいいかけてから首をまわしたり下を向いたりした。思い出したことがつながらないのか額に手をあてていた。

「思い出しました。戸久地は日曜日に、この展示場に出勤していたのですが、無断でいなくなったんです。そうでした、思い出しました。日曜日の午後は見学にくるお客さんが多いので、三人で待機していたんです。お客さんがくる前、つまり午前中、正確な時間は分かりませんが、戸久地はいなくなって、それきりもどってこなかったし、会社へも出てこなかったんです。それで、会社は、彼を辞めさせたんじゃなかったか。たしかそうだったと思います」

「それは、いつでしたか」

茶屋は桐生のほうへ一歩踏み出すようにしてきいた。

「五年前か六年前のことです」

「時季はいつだったでしょうか」

「夏だったような気がしますが、自信はありません。なぜ無断でいなくなったのかもわかりません」

「会社では、戸久地さんの自宅を見に行ったのでしょうか」

「さあ、分かりません」

「同僚とトラブルでもあって、それで突然いなくなったのでは……」

桐生は、そうだったかもしれない、といった。

当時、戸久地と一緒だった同僚はだれだったかを茶屋はきいた。

桐生は顔を空に向けた。頭上を鳥が横切ったがそれを見ているようではなかった。

彼はポケットからスマホを取り出すと、茶屋に背中を向けて電話を掛けた。言葉はきこえなかった。いったん電話を切ると、べつの番号へ掛けた。電話を終え、茶屋のほうへ向き直った。

「杉並の井草《いぐさ》の展示場にいる杉下《すぎした》という社員が、こっちへ向かっています。杉下は一時、この展示場にいて、戸久地を憶えているそうです」

桐生は、寒くなってきたので家のなかへ入りましょうといって、広い住宅の玄関ドアを開けた。

キッチンでは桐生が湯を沸《わ》かして慣れた手つきでお茶をいれてくれた。

「茶屋さんは、どちらにお住まいですか」

桐生は、湯気の立ちのぼる湯呑みを茶屋の前へ置いた。

「目黒《めぐろ》区の祐天寺《ゆうてんじ》です」

「ほう。いいところですね。ご自宅を持っていらっしゃるんでしょうね」

「いいえ。賃貸のマンション暮らしです」

「戸建ての住宅をお持ちになる計画はありませんか」

「私は、旅に出ていることが多いので」

桐生は上着のポケットから茶屋の名刺を取り出すと、

「事務所は、渋谷駅の近くなんですね」

「ええ。四、五分です」

「ご家族は……」

茶屋が、独身だと答えようとしたところへ、車のクラクションが鳴った。杉下が到着した。

杉下研一郎《けんいちろう》は四十歳ぐらいで、黒い縁のメガネを掛けていた。彼は桐生のいれたお茶を一口飲むと、

「ちょっと会社へ」

といって、ポケットノートを見ながら電話を掛けた。太い声である。

杉下が椅子にすわり直すと桐生が、茶屋の用件を伝えた。杉下はうなずいた。

「戸久地がいなくなった日のことを、憶えています。五年か六年前の八月の日曜でした」

「戸久地さんはなにがあっていなくなったんですか」

「分かりません。その日は、私ともう一人がこの展示場にいて、お客さんに住宅を見てもらっていました。昼近くだったと思いますが、戸久地の姿が見えなくなったんです。お客さんが何組かきているのに、黙って昼食に行くはずはありません。なにか気に入らないことでもあって、帰ってしまったんでしょうが、なにがあったのかさっぱり分かりませんでした。……次の日も、その次の日も出てこないので、本社の者が自宅を見に行ったとか。戸久地はいなかったようです。その後も、彼がどうしたのか、どこへ行ったのかは分からずじまいでした」

「おかしい。ヘンです」

茶屋は首をかしげた。

桐生と杉下は、茶屋の顔をじっと見ている。

「塩嶺社の人事記録によると、戸久地昌大さんは、アメリカへ出張した。ところが現地から退職願が出された。それきり、帰国したのかどうかも不明なので、五年前の一月、依願退職扱いにしたとなっているそうです」

茶屋は、二人の社員を交互に見ながら話した。

「アメリカへ出張。それはなにかのまちがいですよ。住宅展示場にいた者が、アメリカへなんか行くわけがない。だれかとまちがえて記載したんじゃないかな」

杉下は桐生に語り掛けた。桐生は、「私もそう思う」と、何度も首を動かした。

「まちがいでしょうか……」

茶屋は言葉に力を込めた。

「と、おっしゃいますと……」

杉下が目を見張った。

「私は、虚偽《きょぎ》記載ではと疑っています。だいいち、退職の時期が合っていません。お二人は、戸久地さんが突然いなくなったのは、五年前か六年前の八月の日曜とおっしゃった。八月の日曜だったのはたしかなようですね」

「まちがいなく八月の日曜でした」

「五年か六年前とおっしゃったが、それはどっちでしょうか」

桐生と杉下は顔を見合わせて話し合った。杉下はポケットノートをめくっていたが、なにかを思い付いたらしく電話を掛けた。ノートに記録されていることを、だれかに確かめているようだった。彼は電話を切ると、ノートを持ったまま目を瞑った。三分ほど経った。杉下の手のなかで電話が鳴った。彼は電話で相手の話をききながら、「まちがいないね、まちがいないね」と繰り返して、スマホを耳からはなした。

「戸久地昌大が、この展示場から姿を消したのは、六年前の八月十八日でした」

杉下はメガネの奥の目を光らせた。桐生は杉下のいったことをスマホに記録した。茶屋はノートに大きめの字でメモした。

2

茶屋は、神田神保町《じんぼうちょう》の交差点でタクシーを降りると、衆殿社《しゆうでんしや》の「女性サンデー」編集部へ電話した。電話に出た女性に、「茶屋次郎です」と告げると、なにもいわずに電話は男に代わった。男は、編集長の牧村だった。

「いま忙しいの」

　茶屋がきいた。

「私に、ヒマなときはありません」

「いま、会社のすぐ近くにいるんだが、手がはなせなければ、またにする」

「大事なご用ですか」

「あんたが生きてるうちは二度とめぐってこないような、重要な話をしようと思ったんだが……」

「そんな。……なにかの情報でもつかんだのですね」

「目玉がこぼれ落ちそうな情報を、たったいまつかんできた」

　牧村は茶屋に、一歩も動かずそこにいてくれといった。
　四、五分後、白と茶のタイル張りのビルから牧村が出てきた。彼は鮮やかなグリーンのジャケットにグレーのズボン。先のとがった黒い靴は光っている。
　茶屋と牧村は、近くの「リスボン」というカフェへ入った。茶屋はこの店に入るたびに思い出すことがある。十五年ほど前のことである。彼は信州のある川沿いの集落で起きた殺人事件を取材し、原稿用紙二十枚にまとめて、「女性サンデー」へ売り込みにいった。当時の編集長は山倉《やまくら》という名で、日に八十本もタバコを吸う煙くさい男だった。山倉が原稿を読んで、面白いといえば、その記事は業界第二位の売り上げをほこる女性サンデーに載るのだった。

茶屋はリスボンで山倉と向かい合い、頭を下げて、原稿を渡した。

「実際にあった殺人事件か……」山倉はタバコをくわえた。茶屋はライターの火を山倉に近づけた。コーヒーが運ばれてきたが手をつけなかった。

山倉はくわえタバコで原稿を五、六枚読んだ。とそこへ会社から電話があり、山倉はテーブルに原稿を投げ出すように置いたまま、会社へもどった。

山倉は、二十分経っても三十分経っても、茶屋の前へあらわれなかった。一時間経過したところで、茶屋は「女性サンデー」へ電話した。

「山倉さんは……」と問い掛けると女性編集者が、「山倉は先ほど外出しました」といった。茶屋は椅子にくずれ落ちるようにすわり、原稿を袋に入れ直した――

戸久地昌大が奈良井建設の住宅展示場から姿を消した日が分かった、と茶屋は切り出した。

「それはいつでしたか」

牧村は、ぎょろっとした目を向けた。

「六年前の八月十八日の昼少し前。それきり彼は、奈良井建設にも塩嶺社にもあらわれなかった。彼は北区赤羽のアパートへも帰らなかったんじゃないかと思う」

「アメリカへ出張していたという話は……」

「嘘だと思う。会社の記録は虚偽記載だ」

「なぜ事実を記載しないで、つくり話をしているんだろう」

牧村はコーヒーにミルクだけ落とした。

「六年前の八月の日曜日。……なにか思い出さないか」

茶屋は、コーヒーカップに指をからめた。

「六年前の八月……」

牧村はスプーンでコーヒーを掻きまわしていたが、「あっ」といって手をとめた。

「まさか、銀座の歩行者天国での、無差別殺傷事件の……」

牧村は目を見開き、口を開けた。

「そのまさかじゃないかと思う。その大事件に戸久地をはめてみると、符合《ふごう》する点がいくつもあるんだ」

戸久地はアメリカへなどいっていないのに、アメリカへ出張中に現地から退職の意思表示をした。そして彼の動向は不明となり、帰国したのかどうかも分からない。彼は、六年前の八月十八日に勤務先の住宅展示場から無断でいなくなった。人事記録にはそのことは記載されておらず、退職は、塩嶺社東京支社において五年前の一月とされている。六年前の八月の日曜日に発生した銀座の事件とはなんら関係がないことにするため、退職年月日を偽って記載したのではないか。

「塩嶺社と奈良井建設は、銀座の歩行者殺傷事件の犯人が、戸久地昌大だと知っていたということでしょうか」

牧村は、白いコーヒーカップに刺すような視線を注いでいる。

「戸久地が住宅展示場から姿を消した日時と、銀座で発生した事件の時刻がほぼ合っている。犯人は戸久地だと断定されたわけじゃないが、犯人の可能性が考えられることから、会社は無関係を装って、彼の退職日時を偽っているような気がするんだ。……銀座の事件の犯人は不明のままで、どこのだれかも分かっていないと思う。警視庁は現在も血まなこになって、犯人を割り出そうとしているにちがいない」

「犯人の目星《めぼし》はついていないのかな」

牧村は首を左右にかたむけた。

「ついていないと思う。少なくとも戸久地昌大にはたどり着いていないようだ。警察が彼を疑っていたら、北区赤羽のアパートを訪ねているはずだ」

「六年前の八月十八日から戸久地は、アパートに帰っていないんでしょうね」

「おそらく、それ以来帰っていないんだよ。その後、姉の文加がいつ帰国するか分からないといって、部屋を解約したんだ」

「文加は、銀座の事件の犯人は昌大だとみているでしょうか」

「みているかも……」

「もしかしたら彼女は、昌大の潜伏先を知っているんじゃ」

「その可能性も考えられる」

文加が、上野の革製品の工房を譲って、木曽へ行ったのは五年前だった。

「先生……」

牧村は急に目が覚めたような声を出した。

いわとデザインを退いた文加は、木曽福島へ行き、きのした旅館へ就職した。木曽を旅行したさい、そこに住みたくなったというのが動機だったと語っていた。じつはそれは偽りで、木曽に移り住んだことについては重大な秘密があるのではないか。

茶屋は、いわとデザインへいくことにした。牧村は仕事が残っているといったので、あとで電話で連絡することにした。

茶屋は、御徒町《おかちまち》のアメヤ横丁の商店街を通り抜けた。商店街の細い通りには若い男女がゾロゾロと歩いていた。アクセサリーの店からは女性の笑い声が洩《も》れていた。作業場の電灯の下では、いわとデザインでは、経営者の岩倉さやかが電話をしていた。作業場の電灯の下では、女性が二人作業をしていて、トントン、トントンと物を叩《たた》く音をさせていた。この工房はきょうも多忙のようだ。

岩倉さやかの電話がすんだ。彼女はにこにこしながら茶屋に椅子をすすめた。

「あらためておうかがいしたいことがありまして」

茶屋がいうと、さやかは笑顔を消した。

「戸久地文加さんがこちらを退かれたのは、五年前でしたね。その一年前、つまり六年前の八月、文加さんに、なにか変化がありませんでしたか」

「変化、ですか」

彼女は眉間《みけん》に皺《しわ》を寄せた。

「たとえば、なにかに動揺して、落着きがなかったとか……」

「憶えていません。六年前の八月とおっしゃいますと、なにかがあったということでしょうか」

「弟さんについてなにかを話した。あるいは急に出掛けたとか、休日でないのに休んだとか」

　さやかは考え顔をしていたが、

「弟さんは、地方のわりに大きな会社に勤めていて、東京へ転勤になったという話をきいた憶えはあります。文加は弟さんのことを詳しく話したことがありませんので、どういう会社に勤めているのかも知りませんでした。……六年前の八月に、弟さんになにかあったんですか」

「いえ。思いあたることがなければ、それで……」

「わざわざおいでになったということは、文加の弟さんについて、確認が必要なことがあったんですね。なにを確かめたかったかを、はっきり話してください」

　彼女はいくぶん険しい表情をした。

「六年前の八月十八日、それは暑くて天気のいい日曜日でした」

　さやかはまばたきを忘れたように茶屋の顔を見つめた。

「銀座の歩行者天国の交差点で……」

「あっ、思い出しました。男の人が刃物を持って、歩行者に……」

　彼女は片方の手を胸にあてた。

　茶屋は顎をわずかに引いた。

さやかは蒼《あお》くなり、首を左右に振った。

茶屋は立ち上がると頭を下げた。

「待ってください。文加が木曽へ行ったことと、銀座の事件とは、なにか関係があるんですか」

「もしかしたらという推測です」

「いま、思い出しましたけど、六年前の八月はたしか十二日から十九日までは夏休みにしました。文加は富山の実家へいっていたといって、おみやげに魚の干物を持ってきてくれました。わたしは、実家の家族のようすをきいたような気がします」

さやかはこめかみに手をやった。富山の家族は、健康で平穏に暮らしていると、文加は語っていたのを憶えているといった。

東京・銀座で発生した大事件のニュースはすぐにテレビで報道された。文加は両親らと夕食を摂《と》りながら、テレビを食い入るように見ていたのではないだろうか。真夏の日曜の白昼、男が大声をあげて刃物を振りまわして、群衆のなかへ飛び込んだのを想像した全国の人びとは、肌に粟粒《あわつぶ》を浮かしたのではないか。

3

銀座の無差別殺傷事件に関して、ある出来事を警視庁がつかんでいた。世田谷区瀬田《せた》の細い川の岸辺に建つ一軒の民家の台所から、包丁が一丁なくなっているのを、その家の六十代の主婦が気付いて、玉川《たまがわ》署に連絡した。その家の勝手口は施錠《せじょう》されていなかった。六年前の八月十八日の昼少し前、主婦は近所の店へ買い物に出掛けていた。帰って、勝手口から家に入ると、台所の板の間に泥が落ちていた。それを見て、だれかが土足で台所に入ったと気付き、空き巣狙いに侵入されたものと思い、家のなかで盗まれている物はないかと見まわした。失《な》くなっている物はなさそうだったので安心していたが、調理しているあいだに、流し台の下から出刃《でば》包丁が失くなっていることに気がついた。主婦は、どうして出刃包丁がないのかを考えたが、何分か経つとそのことを忘れてしまった。

午後七時、家族が夕食の卓を囲んだ。テレビをつけたとたんに、白昼の銀座で発生した大事件が報じられた。死傷者が出た。犯人は一人の男だった。犯人は歩行者のうちの八人に刃物で切りつけ、人混みにまぎれ込んで逃走。行方が分からなくなっていると、アナウンサーは硬い表情をして報じた。

主婦は、はっと気付いたことがあって、流し台の下をあらためてのぞいた。たしかに出刃包丁が失くなっていた。そこで家族に、空き巣が入ったらしいことを話した。板の間に落ちていた泥についても思い出した。

四十代の長男が、「もしかしたら……」といって持っていた箸《はし》を置いた。そして家族で話し合ったうえで玉川署に電話した。警察は、板の間の靴跡や指紋などを採取した――


茶屋は、仕事の区切りがついたという牧村に会った。牧村は、日が暮れるとすぐに新宿・歌舞伎町のクラブが目に浮かぶらしいが、茶屋は真面目な話をするために、新宿柳《やなぎ》通りの和食レストランへ誘った。

「きれいな店ですね。先生がこういう店を知っているとは、意外でした」

牧村は店内を見まわした。椅子席が十二席、衝立《ついたて》で仕切られている。ウエイトレスは袖口の大きい白いシャツを着て、胸に名札を付けていた。

まずビールを一口飲むと、茶屋が木曽福島にいる戸久地文加のことを切り出した。彼女は東京・上野で岩倉さやかと一緒に経営していたいわとデザインに別れを告げて、木曽へ行き、きのした旅館に住み込みで就職した。木曽へ旅行したさい、そこが好きになって、住みたくなったというが、茶屋にはその動機が不自然に感じられた。彼女の容姿《ようし》は都会的で、山々にはさまれた静謐《せいひつ》な暗さを持った木曽の雰囲気には似合っていなかった。

「彼女はなにかを隠している。彼女は、こういうところに住んでみたくなったといった が、それをきいたとき、それはなにかを隠すためではないかと私は直感した。人は似合っ た場所に落着くものだが、彼女は木曽に馴染《なじ》んでいるようには見えなかった」

茶屋はビールを半分ほど飲んでグラスを置いた。若い女性従業員がテーブルの中央へコ ンロと鍋《なべ》を据えた。皿にはタラのブツ切りと野菜が盛られている。

「戸久地文加が木曽へ移ったのは、五年前でしたね」

牧村は鍋に目を注いでいる。

「そうだった」

「いま思い出したんですが、きのした旅館で文加の話をきいているうち、三松屋の宇垣の 事件が、ふと頭に浮かんだんです。宇垣が事件に遭《あ》ったのは中山道沿いでした。そのあ と、やはり事件に遭って死亡した塩嶺社の本郷も、中山道沿いの木曽川で。……そのニュ ースを知ったときも、文加の顔を思い出した。それをすぐに忘れてしまったけど、いま考 えてみると、文加は二つの事件の現場に比較的近いところにいた」

今夜の牧村は頭が冴《さ》えているのか、ビールを一口飲むと、「もうひとつ気になっている ことがある」といった。

「それは、なに……」

「銀座の金沢堂パーラーに勤めている尾島彩美の話」

尾島彩美は六年前の夏の銀座で発生した無差別殺傷事件の被害者の一人だ。通り魔の男の刃物で腕を切られ、その傷跡を隠すために夏でも半袖ではいられないといっている。

彼女は今年の夏、木曽の馬籠で、銀座の事件の犯人によく似た男を見掛けた。彼女はその男の顔を見ると瞬間的に、銀座で腕を切りつけた人だと感じたということだった。それがまちがいでなければ、重要な情報である。

「私は、戸久地文加の行動をさぐってみたいんだ」

茶屋は鍋の湯気のなかからタラの切り身をつまみ出した。

「きのした旅館を張り込むんですね」

「そう。彼女も外出ぐらいするだろう。どこへいって、だれに会うかを調べてみたい」

「うちの編集部から、若い者を一人出しましょうか」

「そうしてもらえるとありがたい。それと車を頼む」

牧村はうなずくと電話を掛けた。横を向いて四、五分話してから電話を切った。

牧村は、きのした旅館の張り込みを、いつからはじめるのかをきいた。

「あさってからにしたいが、そっちの都合はどうだろう」

牧村のスマホが低い音でラテンの曲を奏《かな》でた。彼はまた横を向いて話していたが、三、四分で切った。

「先生は、うちの広津《ひろつ》を知ってますね」

「ああ、色白の四角張った顔の……」

衆殿社へ入って二年ぐらいになる男だ。

「広津を使ってください。若いし、体力はあるし、車の運転は上手《うま》いです。物をよく食う男ですので、食い物は充分与えてください」

なんだか家畜のようないいかただ。

あさっての朝七時に、衆殿社の社用車を運転する広津とともに木曽へ向かうことにした。

ちり鍋を肴《さかな》に日本酒を二杯飲むと、牧村は赤い顔をして、

「さあ、チャーチルへいきましょう。茶屋先生はしばらくいっていないから、たまには顔を出してやってください。ママがよろこびます」

「私は、どうもあの店が好きじゃない。あんたは毎晩いってるんだろ」

「毎晩なんて。先週は一度もいかなかったんですよ。……そういえば先生は、丹子《たんこ》のことが好きでしたね」

「べつに好きじゃないが、毎年、北海道旅行をしているっていったので、どこへいったのかをきいただけだ」

丹子とは風変わりな名だったので、自分で付けた源氏名《げんじな》かときいたら、父親が付けた本名だといった。北海道はどこへいったのかをきいたところ、小樽《おたる》、函館《はこだて》、苫小牧《とまこまい》。それから、留萌《るもい》、滝川《たきかわ》、稚内《わっかない》だと、どこかできいた歌の文句のようなことをいった。主要都市の札幌《さっぽろ》や旭川《あさひかわ》へは、ときくと、まだいっていないと答えた。

訪ねた土地ではどこがよかったかをきいたところ、留萌と稚内だといった。なにがよかったかを重ねて問うと、『人がほとんどいなかったから』といった。来年は、知床《しれとこ》と羅臼《らうす》とウトロへいく予定らしい。

「面白いコだけど、今夜はいかない。あんたはせいぜい脚の長いあざみちゃんの指でもしゃぶればいい」

牧村はぷいっと横を向き、「世の中には付合いというものがあるのに」と、唇をとがらせて立ち上がった。

店を出ると牧村は歌舞伎町のほうを向いた。茶屋は反対の新宿駅に向かって歩いた。事務所へ着いたら、冷たい水で顔を洗って、原稿を書くつもりだ。

彼は歩きながら奈良井川で殺されていた宇垣好昭と、木曽川で遺体となって発見された本郷宣親の事件を思い出していた。二人を殺害した犯人は同一人の可能性がありそうだった。事件に遭った地点が比較的近いというところも重要視すべきではないか。

4

十一月十七日、午前六時五十分に、衆殿社の広津孝作《こうさく》は渋谷の茶屋事務所のドアをノックした。

「やあ、ご苦労さま。熱いコーヒーを飲んで出発しよう」

茶屋はコーヒーを立てて待っていたのだ。

「駅から近くて便利なところですね」

広津は立ったまま室内を見まわした。身長は一七五センチぐらいで体重は六十四、五キロではないか。おとこにしては色白で、下駄のような四角張った顔をしている。

「作家さんのお仕事場というのは、雑然としているイメージがありましたが、わりに簡素なんですね」

「ここには女性の秘書が二人いる。一人は神経質なほどきれい好きで、私が物を散らかすとすぐに片づけるんだ。それと部屋を飾るような物を一切置かないので、殺風景《さっぷうけい》なんだ」

「若い方だそうですね」

「二十六歳と二十五歳。サヨコとハルマキといって、二人ともよく働くし、よく気が利くよ」

「うちの編集長がいっていましたけど、茶屋先生の秘書は二人とも大酒飲みで、酔うと何時間でも歌をうたっているそうじゃありませんか」

「それほどじゃないが、たしかに酒好きではある」

茶屋は、サヨコとハルマキを採用するさい、飲酒習慣があるかのチェックを怠《おこた》った。二人には飲酒の習慣はなさそうだが、いったん飲みはじめたら際限《さいげん》がなくなる。サヨコはたしかに歌をうたう。茶屋は月に一回は二人を居酒屋へ連れて行くが、たらふく食って飲んだあとは、カラオケスナックだ。茶屋はこれが好きでない。食事がすむのを見はからって逃げ出したくなるのだが、二人はそれを読んでいて、道玄坂のスナックへ茶屋を引っ張っていく。

「先生は、二人の血液型をご存じですか」

妙なことをきく男だと思ったが、サヨコはAB型、ハルマキはO型だと答えた。すると広津は、二人の血液型をスマホへ記録させた。

「あんたは、血液型に関心があるのか」

「あります。学生のときから、出会った人には血液型をきくことにしていました。茶屋先生はA型ではありませんか」

「そうだ。顔を見て血液型が分かるのか」

「話しかたや、雰囲気や、服装で見当をつけています」

「趣味なんだね」

「はい。人を傷つけないようにして、血液型をきくことにしているんです」

血液型と性格は無関係ではない、と広津はいった。

「あんたは何型……」

「A型です。日本人には最も多い血液型ですが、A型がいちばん性格が多彩です」

二人はコーヒーを飲み終えたところで椅子を立った。

広津が乗ってきた社用車の色はグレーでごく一般的だった。彼は目立ちにくい車を選んだようだ。

塩尻までは四時間を予想した。談合坂《だんごうざか》と八ヶ岳《やつがたけ》のサービスエリアで休憩した。休憩のたびに広津はパンかスナック菓子を食べた。車窓からの南アルプスも八ヶ岳も、稜線は白く波うっていた。この中央自動車道を何度か走っているかときくと、甲府市と諏訪市へきたことがあるという。

「私は岐阜市の生まれですが、父は六人兄妹の四男。母は七人兄妹の二女で、結婚した相手の住所が、長野県や山梨県や愛知県なんです」

その関係で祝儀《しゅうぎ》を渡しに甲府や諏訪へいったことがあるらしい。

塩尻へは予想通り四時間近くを要した。中山道を走って奈良井宿へ着いた。平坦な約一キロの道の両側に古い二階屋が並んでいる。そのなかに何軒もの漆器《しっき》店があった。幟《のぼり》の出ているそば屋で昼食にした。昼どきで客が大勢入っていた。服装から観光客らしい。

茶屋は、広津がなにを食べるかに興味があった。

茶屋は、とろろそばにした。広津はとろろそばの大盛りを頼み、隣の席の客が食べていた五平餅を二串注文した。五平餅はすぐに出てきた。

「でかい」

広津は目を見張ってから茶屋にすすめたが、断わった。それを食べたらそばを食えなくなりそうだった。

広津は二串をぺろりと食べた。とろろそばはコクがあって旨《うま》かった。その大盛りを広津は、茶屋よりも早く平《たい》らげた。

家並みの後ろを赤い電車が走ってきた。古い宿場に電車は不似合いだと思ってか、広津は立ちどまって見ていた。

木曽福島に着くと、きのした旅館の前をゆっくり素通りした。旅館の玄関のガラス戸は客を招《よ》んでいるように開け放されていた。茶屋は姿勢を低くしてのぞいたが、人影は映らなかった。

道路にはぽつんぽつんと車がとめてある。宅配便の車も郵便局の赤い車もとまったが、すぐに出ていった。

茶屋たちの車は、小型トラックの後ろにとまった。後部座席越しにきのした旅館を見ることになった。

「旅館には定休日はありませんね」

広津が後ろを向いていった。

「旅館は年中無休だろうが、従業員は少なくとも週に一日ぐらいは休むと思う」

「週のうち旅館のヒマな日はあるものでしょうか」

「日曜日が比較的ヒマらしい。たいてい観光客は土曜に泊まって、日曜に帰る」

「あっ、人が出てきました」

女性だった。太い縞《しま》のベストを着ている。女性はバケツを地面に置くと、玄関のガラス戸を拭《ふ》きはじめた。腰を曲げたり立ったりしている。

「あれが戸久地文加だ」

茶屋は後部座席のほうへ乗り出すようにして、文加の作業を観察した。

「きれいな女性のようですね」

広津も目を据えている。文加は木曽に住むことになった経緯を話してくれたが、茶屋は、ほんとうの理由はべつにあるのではないかと疑いを持った。だから行動を監視する目的で張り込んでいるのだ。

文加は、玄関の掃除がすんでから、空を見上げた。白い雲の下を象《ぞう》や鯨《くじら》のようなかたちの灰色の雲が東のほうへ動いていた。

きのした旅館の前へ宅配便のトラックがとまった。配達員が箱のような物を抱いて旅館へ入った。三、四分で車にもどると、せわしげに車に乗った。

夕方になった。きのした旅館の看板に灯が入り、玄関の前の道路に灯りがこぼれた。あたりはすぐに暗くなり、街道筋の家々にも灯りが点いた。茶屋は車から降りて断崖《だんがい》の上を向いた。巨大な関所跡が見えた。

きのした旅館の横から小型車が出てきて、茶屋たちの横を通った。

「あっ、彼女だ」

軽乗用車を運転しているのは文加だった。その車を尾《つ》けた。木曽川の橋を渡った。白い壁の建物の前に車はとまった。そこは製麵所のようだと分かった。四、五分経つと文加は箱を抱えて出てきて、それを車に積むと、やってきた道を引き返した。彼女は忙しげに働いているように見えた。一瞬だが茶屋は、彼女に疑いの目を向けているのを撤回したくなった。彼女は木曽を旅するうち、そこに住みたくなったのだといって、一緒に工房を運営していた岩倉さやかに別れを告げた人だった。いま茶屋の目に映った文加は、気に入った土地で、やり甲斐《がい》のある仕事に就《つ》いているふうにも見える。

茶屋は頭を振った。真面目に働いている文加の姿を見たが、「だまされるな」と自分にいいきかせた。

きのした旅館へカップルが入っていった。鞄を持った男のほうは髪が白かった。五、六分経つと二階の部屋に灯りが点いた。文加は客室へ入って、笑顔で客にお茶を出しているのだろう。

黒い乗用車がとまり、体格のいい男が降りた。茶屋には見憶えのある人だった。力士のような体格の四十男だ。この前泊まったとき、露天風呂で一緒になった。どうやらきのした旅館を常宿にしているようだ。

三十分ほどすると女性が二人旅館へ入っていった。一人は高齢者で杖《つえ》をついていた。若いほうが鞄を持って肩を抱くようにしていた。

「母娘でしょうか」

広津がいった。

観光旅行にきた人たちではなさそうだ。なにかの事情があって木曽へやってきた。まだ列車がある時間だが、あしたも用事があるので、旅館に泊まることにしたのではないか。

いま時分の旅館は、一日のうちでもっとも忙しい時間帯になっているにちがいない。文加はもう出掛けることはないだろうから、茶屋たちは見張りをやめて食堂をさがすことにした。

さっき文加が訪ねた製麵所の隣が食堂だったのを思い出した。

その店には客は誰もいなかった。店の中央で石油ストーブが燃えていた。

茶屋が天丼を頼むと、広津も同じ物をいってから、かけうどんを追加し、壁に貼られているメニューを見て、漬け物を頼んだ。牧村がいったとおり大食いだ。それに食べるのも速い。

「あんたは、兄弟は」

「姉が二人、兄が一人です」

「育ち盛りのころは、お母さんは大変だっただろうね」

「日曜などは、三度、ご飯を炊《た》いていました。学校では、私の弁当箱の大きさに同級生は驚いていましたね。弁当箱の蓋《ふた》を開けると、きょうはなに、きょうはなにって、女の子たちがのぞきにきたものです」

「珍しい物でも入っていたの」

「たいてい、ウインナーとタマゴ焼きと、味噌漬けですけど、ご飯の上に紅ショウガで字が書いてあるんです」

「なんて書いてあった」

「がんばれとか、よくかんでくえ、とか」

「お母さんは毎日、四人の弁当に工夫を凝《こ》らしていたんだろうね」

「父の弁当もつくっていました。父は会社員ですが、いまも母の手作り弁当を持っていきます」

「お母さんは体格がいいの」

「太っています。炊事をしながら摘み食いをするせいだといっていますが、ご飯はあまり食べません。うちでいちばんの大食いは上の姉です。中学のとき、母がつくったぼた餅を十個以上食べたし、茹《ゆ》でたトウモロコシを三本食べたそうです。父も大食らいのほうですが、痩せています」

　実家へときどき帰るのかときくと、年に二回か三回は帰省するといった。

「交際中の女性は……」

「いません。学生のときはいましたけど、ささいなことでいい合いをして、それきり彼女とは連絡が取れなくなりました。フラレたんです」

広津はうどんの汁を飲み干すと、薄く笑った。

5

木曽川に架かる行人橋《ぎょうにんばし》の近くの笹《ささ》の家《や》旅館に泊まることにした。そこは、きのした旅館よりも少し大きかった。二階の部屋の窓辺には手摺《てす》りがあって、駐車場越しに木曽川の岸が見えた。岸辺には点々と街灯があるが、冷たい夜風にさびしげに震えているように見えた。

酒を飲むか、と広津にきくと、木曽の地酒を飲んでみたいといった。

風呂から上がって電話で酒を頼むと、銘柄をきかれた。茶屋はこの前、牧村と一緒に飲んだ「おんたけさん」を頼んだ。白髪まじりの男が、二合入りの酒を二本と盃《さかずき》を置いて去っていった。

茶屋が広津の盃に注ぐと、彼はぐびっと飲み干した。これは酒も強そうだ。

編集者の仕事は面白いかと茶屋がきくと、広津はその質問に答えず、

「ある先生に困ったことを頼まれているんです」

と、白い顔の眉間に皺を寄せた。

「先生は、作家か」

「はい。忙しい方です」

売れている小説家ということだ。

頼まれごととは、どんなことかときいた。

「二週間ほど前のことですが、その先生の奥さんと娘さんが、お勤めに出たきり家に帰ってこなくなったんです」

「二人が帰ってこないとは……」

「奥さんも娘さんも会社勤めでした。その日の朝、二人はいつものように家を出て行ったんですが、夜、何時になっても帰ってこない。それで先生が電話したら、二人の電話は通じなくなっていたそうなのです」

「電源が切られていたということか」

「番号を変更したことが、あとで分かったんです」

「すると、奥さんと娘は、しめし合わせて家出したんじゃないか」

「どうもそういうことのようです」

「奥さんはいくつなの」

「四十八歳。娘さんは二十三歳です」

「その作家は仕事が忙しいのに、奥さんは会社勤めをしていたのか」

「家事は、通いのお手伝いさんに任せて」

「お手伝いは何歳ぐらい」

「六十代前半の女性で、十年ぐらい先生宅に通っているそうです」

「作家はいくつだ」

「五十三歳です」

「東京に住んでいる人かな」

「調布市《ちょうふ》です」

「子どもは、妻と一緒にいなくなった娘だけだったんだね」

「そうです」

妻の勤め先の会社からは、出勤しないがどうしたのかと問い合わせがあった。娘の勤務先からも電話があった。作家は、妻と娘になにがあったのか、なぜ帰宅しないのか分からないと答えたという。

「あんたは、作家から、妻と娘の行方をさがしてもらいたいと頼まれたんだね」

「そうです。警察に捜索願を出したほうがいいのではと、私はいったんですが、先生は、『事故や事件に遭ったんじゃない。自分たちの意志で帰ってこないのだから、届け出はしない』とおっしゃってます」

「妻と一人娘に家出された哀《あわ》れな作家。それは山沼澄夫《やまぬますみお》さんだろ」

「なぜ分かったんですか」

「年齢、住所、家族構成からだ」

「茶屋先生は山沼先生にお会いになったことがあるんですか」

「何度かある。銀座でも新宿でも赤坂《あかさか》でも会って、食事をしたし、バーへも行った。歌をうたうし、一緒に飲んでいて楽しい人だな。……あんたは山沼さんの奥さんと娘さんの行方調査をしたの」

「奥さんの妹さんの自宅を訪ねてお会いしました。妹さんは、二人の行方なんて見当もつかないといっていました。なにか分かったことがあったら連絡をいただくことになっています」

二人とも自宅へ帰らないし、職場放棄をした。

「二人は死にたくなって、どこかの断崖から、海へ飛び込んだのかもしれないよ」

「そんな。自殺をする人が電話番号を変更したりなんかはしないと思います。どこかで生きています。私は……」

広津は手酌《てじやく》で飲っていたが、落着きを失ったように瞳をきょろきょろと動かしはじめた。

茶屋は悠然《ゆうぜん》と構え、広津の盃に注ぎ、自分の盃にも注いだ。

「私は、こんなところで、落着いて飲んでなんかいられません」

広津は膝を立てようとした。

「どうしたんだ」

「私は、山沼先生の奥さんと娘さんの行方を……」

彼は座布団をはずすと、畳に両手を突いて後ずさりをした。

どうやらかなり酔っているようだ。妄想に襲われているのかもしれなかった。彼の頭には度の強いメガネを掛けた山沼澄夫が映っていて、それがどんどん近づいてくるのではないか。山沼は、『なにをしているんだ。早く、一刻も早く、女房と娘の居所を突きとめろ』と、わめいているにちがいない。

広津は壁に寄りかかった。目に脂《やに》が浮いてきた。両手を顔の前へ出して、宙に円を描いていたが、そのまま目を瞑ると首を垂れた。大食いだが、酒に弱いことが分かった。

茶屋と広津は、次の日もきのした旅館を張り込んだ。

力士のような体格の男が、車を運転して出ていった。

三十分ほど経つと、中年のカップルが玄関を出てきた。その二人を、文加と彼女よりいくつか若そうな女性が頭を下げて、見送った。そのカップルは観光に訪れたようで、福島関所門のほうへ歩いていった。

また三十分ぐらい経つと、タクシーが旅館の前へとまった。中年の女性が、高齢の女性の肩を抱くようにしてタクシーに乗せた。文加が両手で鞄を女性に渡した。二人を乗せたタクシーは、木曽川の下流方向へ走っていった。

「きれいな人だ」

広津はきょうも文加のことをそういった。

きのした旅館の客は出払ったもようだ。文加たちは客室の掃除をはじめているだろう。

茶屋と広津は車の窓越しに旅館をにらんだ。

茶屋は昨夜、広津からきいた山沼澄夫の妻と娘の失踪の話を思い出した。

「山沼さんは、奥さんや娘さんに嫌われるようなことでもしていたのかな」

茶屋は山沼の容姿を頭に浮かべた。

「山沼先生は、心あたりがないっていってますけど、うちの牧村は、親密な間柄の女性がいるんじゃないかっていってます」

「男盛りだから、遊び相手の女性がいても、不思議じゃない。……山沼さんの家には、通いのお手伝いさんがいるっていったな」

「ええ。きれい好きで、気遣いのある女性だと先生はいってます」

「お手伝いさんが、奥さんの家事を取り上げてしまったので、奥さんはやることがなくって、退屈でしかたがなかったのでは」

「奥さんは、ずっと会社勤めをしていたんです」

「そうか。そうだったな。じゃ、退屈ということはないか。……奥さんは他になにかやりたいことがあったんじゃないか」

「そうでしょうか」

広津は首をかしげた。

「奥さんに、好きな人ができたっていうことも考えられるぞ」

「好きな男性ができて、その人のところへいったというんですか」

「ああ」

「奥さんは、娘さんと一緒にいなくなったんです。好きな男性がっていう推測は、あたらなそうです」

広津は、茶屋の口をふさぐようないいかたをした。

「あんたは、どんなふうにみているんだ」

「人間って、くる日もくる日も、同じことを繰り返している。その繰り返しに嫌気がさして、逃げ出したくなる日があるんじゃないでしょうか」

「逃げ出したいが、たいていの人はそれができないでいる。……奥さんと娘さんは、現実逃避しているのかな」

「そうかもしれません」

「現実はどこまでいっても現実だよ」

「そういうことが分かっていても、嫌なものは嫌といって、別の途《みち》を歩こうっていう人はいるんじゃないでしょうか」

「その先に待っているのは、破滅しか……」

きのした旅館の横から車が出てきて、茶屋たちの横を通り抜けた。運転していたのは文加で、助手席に年配の女性が乗っていた。きのう文加が乗っていた小型車だ。

その車を尾けた。中山道の木曽福島駅前を通って、木曽町役場の近くの内科医院の横にとまった。

年配の女性が診察を受けるのではないだろうか。その女性は旅館の経営者の妻ではないか。文加は、年配の女性と一緒に医院へ入っていった。

「まるで母娘みたいですね」

広津の感想だ。

文加と年配女性は三十分あまりして医院を出てきた。文加の運転する車は旅館のほうへ引き返しかけたが、駅の近くの観光案内所の横でとまった。文加だけが車を降りると和菓子店へ入った。彼女は店先で白衣を着ている女性と立ち話をしていたが、袋を受け取って車にもどった。旅館の客に出す菓子を買ったようだ。彼女の容姿はこの土地には不似合いだが、地元の人たちとの交流もあってここに馴染んできているようだ。

牧村から広津に電話があった。広津は横を向いて、「はい、はい」と答えていた。

「牧村は、私のことをなにかいっただろう」

「いいました」

「なんて……」

「きのした旅館の女性の動向を張り込んでいるんだろうが、その女性が怪しいというのは、茶屋先生の思い込みで、その狙いはあたっていないと思う、と」

「ふん。この張り込みに同意していたのに」

「それから……」

「茶屋先生は、いろんなことを思い付いたり、ひらめいたりするが、一貫性がない。今回は旅館で働いている女性の姿を見たいだけなんじゃないかって」

「なんだ」

茶屋は、あくびをして、昼食の店をさがそうといった。

広津はうなずくとからだを回転させて、ハンドルをにぎった。

茶屋はふと、ある人に会うことを思いついた。奈良井川で殺されていた宇垣好昭の妻だ。宇垣は、塩嶺社に出張してきたところを狙われたらしいが、なぜ被害に遭ったのかが分かっていないようだ。妻には、夫が狙われた原因についての見当がついているかもしれなかった。

六章　作家の妻子

1

茶屋は、気が付いたことをすぐに実行しないと気がすまない性質《たち》だ。

十一月十七日と十八日、きのした旅館を張り込んだが、文加の行動に怪しい点はみられなかった。それでいったん東京へ帰ることにして、夜の中央自動車道を疾走《しっそう》した。

新宿に着くと、車を駐車場に入れ、深夜まで営業している居酒屋へ入った。

「ご苦労さま」

茶屋はビールで、広津はウーロン茶で乾杯した。

広津は、茶屋がなにを思い付き、あすはなにをするのかときいた。

茶屋は、素行に問題があった宇垣好昭について話した。三松屋の宇垣は、取引先の塩嶺社へ出張したが、べつの目的があった。以前、塩嶺社に勤めていた椎名未果に会うためだったのかもしれない。彼は女性と会っている。会ったのでなく、何者かに車に押し込まれるかして、凶行現場付近へ連れていかれた可能性もある。

「宇垣は、なぜ殺されたんですか」

「それだ。それが分かれば、犯人も分かるだろう」

茶屋はあした宇垣の自宅を訪ねるつもりだ。妻に会って、宇垣の事件をどうみているのかをきくつもりだ。

広津はタマゴ焼きと、マグロとイカの刺身と、天ぷらを食べ、焼きおにぎりを二個頰《ほお》ばると、腹をさすった。

翌朝、茶屋は事務所に出て、サヨコとハルマキに、木曽福島での戸久地文加のようすを話し、熱いコーヒーを飲むと、中野区東中野の宇垣の自宅へ向かった。

宇垣の妻の知子《ともこ》が、二階の窓辺に洗濯物を干していた。茶屋は彼女を見上げて声を掛けた。

知子は背が高く、痩《や》せぎすで鼻が高かった。かつては三松屋に勤めていたという。男の子と女の子がいて、高校生と中学生。

知子は、「せまいところですが」といって、茶屋をダイニングテーブルの椅子《いす》へ招いた。

彼女は、茶屋の名も、週刊誌に名川シリーズを書いていることも知っていて、

「歯医者さんで茶屋さんのご本を読んだことがあります」

といって、いい香りのする紅茶を緑色のカップに注《つ》いだ。彼女は週のうち二日、クリーニング店で受付のアルバイトをしているといった。

「宇垣が事件に遭《あ》った原因を、塩尻の警察できかれましたけど、思いあたることはないと答えました。……それからずっと、なぜなのか、なぜなのかって考えましたけど、二、三日前にあることを思い出しました。事件には関係がないかもしれませんけど、宇垣は真剣な顔をして話していたのを憶《おぼ》えています」

「どんなことか、話してください」

茶屋がいうと、彼女は呼吸をととのえるように薄い胸に手をあてた。

「五年か六年前のことです。たしか日曜の夜だったと思います。宇垣は会社から帰ってくると、珍しくこのキッチンへきて、食事の支度《したく》をしているわたしに、きょう会社のトイレで、ある男を見たんだ、といって顔をぶるっと震わせました。そして、あの男のような気がするといって、考え込むような顔をしました。宇垣のそんな顔つきを見たのは初めてでしたので、わたしはガスの火をとめて、『それはだれのこと』ってきいたんです」

「旦那《だんな》さんはなんと」

「名前などは分かりません。その二週間ほど前のことでした。宇垣が珍しく日曜に休みがとれたので、子どもたちを連れてドライブしました。子どもたちの成長を考えるとどうしても一戸建ての自分の家が必要だと思っていましたので、住宅展示場へ立ち寄りました。そこにはお客さんが何組かいて、展示されているモデルハウスを熱心に見学していました。わたしはパンフレットに刷ってある金額を見て、値段の高さに目を丸くして、係員の説明を上《うわ》の空できいていました。夕方、家に帰って、夕ご飯のとき、子どもは、きょう見てきたあの家に住みたいなんていっていました。……宇垣が、『ある男』といったのは、二週間前、住宅展示場にいた係員のことです。……彼は三松屋でトイレに入ろうとしたところ、男が顔を洗っていて、濡れた顔のまま彼のほうを向いたそうです。その男の顔をどこかで見たことがあったので、どこで会ったのかを考えているうち、二週間前の日曜に住宅展示場で見掛けた男だったのを思い出したんです。それを思い出した直後でした。三松屋の近くの交差点で、数人の歩行者が何者かに刃物で切りつけられる通り魔事件が起きていたのを、彼は同僚の話で知ったんです。それをきいて彼は外へ飛び出しました。救急車が何台もとまっていて、路上に敷いたシーツの上で怪我《けが》の手当てを受けている人が何人もいて、驚いたといいました」

そこまでいうと宇垣はテレビをつけたという。ちょうど銀座の事件現場が映《うつ》り、犯人は一人の男だったと報じていた。

知子は宇垣に、三松屋のトイレで出会った男は、住宅展示場で案内係をしていた男にまちがいないかときいた。彼は、まちがいないと思う、とテレビのほうを向いた。テレビのアナウンサーは、歩行者の八人に刃物で切りつけたのは若い男だったといった。そのニュースは深夜も映され、怪我をした八人のうち二人の女性が病院で死亡した。犯人は逃走して行方《ゆくえ》が分かっていないと報じた。

「それで宇垣さんは、住宅展示場で案内係をしていた男に関心を持ったでしょうね」

茶屋がきいた。

「そうだと思います」

「その男の背景でも調べたでしょうか」

「住宅展示場へ問い合わせたら、今はもう会社にいないといわれたそうです」

日曜の住宅展示場には平日よりも見学者が多いはずだ。それなのに案内係をしていた男が白昼、銀座の三松屋のトイレで顔を洗っていた。案内係と顔を洗っていた男は、はたして同一人だろうか。宇垣は、それを確かめるために住宅展示場に問い合わせをした。すると案内係をしていた男は会社を辞めたといわれた。そこでその男に対して疑惑を抱いた。

「宇垣さんは、住宅展示場に勤めていた男のことを、詳しく知ろうとしたんじゃないでしょうか」

茶屋は、知子のかたちよく高い鼻を見ながらきいた。

「そうでしょうか。その後、その人のことを話したりはしなかったと思います」

彼女はそういってから胸で拳《こぶし》をつくったが、思い出したことがあるといって立ち上がってキッチンを出ていった。

すぐにもどってきた彼女は、名刺を一枚持っていた。それは奈良井建設企画部の庄野《しょうの》朗《あきら》という人物のものだった。宇垣が使っていた机の引き出しに入っていたという。

茶屋は庄野朗の名刺をメモした。知子は宇垣が庄野の名刺をいつ受け取ったのか知らないらしい。

茶屋は、またなにかを思い付いたら、といって椅子を立った。知子も立ち上がってから携帯電話の番号を教えてくれた。

茶屋は、港区高輪の奈良井建設を訪ね、企画部の庄野朗に会いたいと告げた。

庄野はすぐに出てきて、会議室へ案内した。三十代後半でがっしりとした肩幅の男だった。二人は名刺を交換した。庄野は、茶屋の名をなにかで読んだ記憶があるといってか

ら、

「私の名をどこでおききになったんですか」

ときいた。

「庄野さんは、三松屋の宇垣好昭さんにお会いになったことがありますね」

茶屋がいった。

「何年か前に会いました。夕方、この会社を出たところで呼びとめられたんです」

「宇垣さんの用件はどんなことでしたか」

「退職した戸久地昌大のことをきかれたと記憶しています。……宇垣さんは、戸久地はどうして会社を辞めたのかとか、現在どこにいるのかを知っているかとききました。……私は戸久地がこの会社を辞めたことをしばらくのあいだ知らなかったんです。日曜に住宅展示場へ応援にいって、そこで戸久地が辞めていたときいたので、それを宇垣さんに話しました」

「辞めかたに問題があったようでしたが、それをご存じですか」

「勤務中に、無断でいなくなって、それきり連絡がこないし、彼への連絡も取れなくなったようでした。私が思うに、戸久地は営業マンには向いていなかったんです。住宅を見学にきた人に、住宅を買わせるような説明をするのが、展示場の案内係ですが、彼は口数が少ないし、人にお世辞《せじ》をいったりするのも苦手のようでした。……しかし彼は英語が出来ました。私が展示場へ応援にいったとき、彼は外国人の見学者に、達者《たっしゃ》な英語で応対していましたよ。……彼と食事したことがあります。生真面目《きまじめ》で世渡りが不器用な男に見えましたが、私はいい印象を持っていました。そのときだったと思いますが、姉さんが上野で、革製品の工房を友人と一緒にやっているときいた憶えがあります。姉さんはとても手先が器用だとも話していました」

「戸久地昌大さんの姉さんが、上野で革製品の工房をやっているのを、宇垣さんにお話しになりましたか」

「話したような気がします」

茶屋は、庄野の話をメモした。茶屋は、宇垣と文加に接点があったかを考えていたが、庄野の話で二人の接点を確信した。宇垣は文加の存在を知ると、彼女に接触したのではないか。彼女に会いにいって、昌大の所在を知っているかときいたことも考えられる。好奇心からか、別の目的があったのだろうか。

宇垣が上野のいわとデザインを訪ねたとき、文加はまだ退職していなかったかもしれない。それで経営者の岩倉さやかに会い、文加の住所をきいたのではないか。

宇垣は文加が、木曽福島のきのした旅館に住み込みで勤めていることをつかんだ。彼は木曽福島へ文加に会いにいったかもしれない。彼女に会ったかどうかは分からない。

宇垣は、文加がなぜいわとデザインを退《しりぞ》いて、木曽へ移って旅館で働くことにしたのかに疑問を抱いた。その疑問を塩嶺社の本郷に話したのではないか。宇垣と本郷は取引の交渉で知り合ったのだろうが、個人的に親しくしていたそうだ。茶屋の目の裡《うち》には、本郷の遺影《いえい》の脇に供えられていた光った腕時計が焼きついていた。勤務先である三松屋の時計売り場から盗難に遭ったとされている高価な腕時計は、宇垣好昭の手から本郷宣親に渡ったのではないか。

2

茶屋には三日前に訃報《ふほう》が届いていた。

きょうは葬儀に出るため、黒いスーツ姿で事務所に入った。

「礼服姿の先生を見るの、初めて」

サヨコがいって椅子を立った。

「わたしも」

ハルマキは茶屋に近寄ってきた。二人はスマホを構え、茶屋を撮影した。

「この写真、使えるよね」

サヨコ。

「そうね、使える」

ハルマキ。二人は顔を寄せ合って、くすっと笑った。どうやら遺影に役立つといっているらしい。

サヨコが、きょうの葬儀はどういう人なのかときいた。

「今泉仙一《いまいずみせんいち》さんといって、画家だよ」

「前に先生から話をきいたことがあります。高齢の方でしたね」

「八十六歳。日本の男子の平均寿命を越えていたから、長生きしたほうだろう」

今泉仙一は、長崎市の生まれで、十二歳のときに、長崎市内で被爆した。父親は兵役にとられ、南方の島で戦死していた。母親と姉の三人で暮らしていたが、原爆によって母と姉は焼死した。仙一は奇跡的に無傷だった。しかし両親と姉を失って孤児となった。

彼は長崎を抜け出し、東を向いて歩きとおした。川の水を飲み、畑の芋《いも》を掘って生で食べた。数日後、なんという土地かは知らなかったが、駅に着くと列車が到着した。それに乗り、途中でべつの列車に乗り換えて、東京に着いた。

上野駅に通じる地下道で二、三泊したが、そこには彼と同じような孤児がたくさんいた。彼は掘っ立て小屋のような商店を見つけた。夕方になると商店の人は戸締りをして帰った。彼はその商店へ忍び込んだ。アメ玉と食べ残しのサツマ芋があった。そのときのサツマ芋のうまさを忘れたことはない、と晩年も語っていた。

彼は夕方になるのを待ち、商店の人が帰ると、その店へ忍び込んで横になった。一週間ばかりが経《た》った。忍び込んでいた彼は商店の人に見つかった。商店のおやじは彼をじっと見て、どこからきたのかとか、年齢や氏名をきいた。長崎からきたのだというと、驚いたような顔をした。「十二歳か」おやじはつぶやくと、彼を自転車の後ろに乗せた。着いたところは、おやじの自宅だった。

おやじは仙一を風呂に入れ、古着を着せた。奥さんがいて、サツマ芋のまざったご飯を食べさせてくれた。

次の日、おやじは、「飯をちゃんと食わせるから、逃げ出すんじゃないぞ」といった。

その家にはオート三輪があった。おやじはその車に彼を乗せて、大森《おおもり》というところへ連れて行った。着いたところは機械油の匂いのする工場だった。油で黒くなった服装の男女が十人ほどいた。おやじはその工場の経営者でもあった。おやじは、無精髭《ぶしょうひげ》を伸ばした年寄りの男に、「この子に仕事を覚えさせてやってくれ」といった。彼はその日から、工場の二階に住むことになった。工場には、小柄なおばさんとおばさんの娘が住み込んでいて、おばさんは三度三度、ご飯をつくってくれた。朝食と夕飯は三人が一緒に食べた。おばさんの娘は春枝《はるえ》という名で、彼に字を教えてくれた。彼は原爆で死んだ姉を思い出した。

　仙一は、工場近くの国民学校の高等科に編入された。

　彼が高等科を卒業したときには、工場の従業員は二十人ぐらいになっていた。工場の人たちは彼を、「せんいち、せんいち」と呼び、機械の使い方を優しく教えてくれた。

　おやじは滝本秀長《たきもとひでなが》という名で、工場では「社長」と呼ばれていた。

「仙一は、上の学校へいきたいか」と滝本はきいたが、仙一は「いきたくない」と答えた。学校より工場で仕事を覚えるほうが面白かったからだ。

　工場は「甲州屋《こうしゅうや》工業」という名称で、工作機械メーカーだった。毎月、二人、三人と従業員が増加して、仙一が二十歳になったときには百人になり、別棟に事務所を新築した。春枝は事務所の大黒柱になっていた。彼女は二十六歳のとき、二歳上の社員と結婚した。

　仙一は二十七歳で、社長のすすめにしたがって、信用金庫に勤務していた二十二歳の淑《よし》子《こ》と結婚した。

　社長は、大《おお》田《た》区の池上《いけがみ》というところに墓を買ってくれた。長崎は遠いからということだった。仙一はそこに、両親と姉の霊を慰《なぐさ》めた。女の子が生まれ、長子《ながこ》と名付けた。

やがて仙一は工場長になった。取締役にもなって、甲州屋を発展させた。

滝本社長は、仙一が五十五歳のときに死亡した。滝本には息子が二人いて、甲州屋工業を継いでいた。

仙一は六十二歳で会社を退いた。五十代のころから絵を描いていたが、退職後は自宅の一角をアトリエにして、本格的に絵の制作に打ち込むようになった。

彼が描く絵の男は、針金のように痩せ細っている。腕と足は針金そのものだった。その男は竿《さお》で魚を釣る。釣り上げる魚はまるまると太っている。別の線では針金の男は、巨大なトウモロコシにかじりついている。観ようによっては滑稽《こっけい》だが、戦っている男の姿に、涙ぐむ人も少なくなかった。

彼の絵は東京都が買い上げた。某財団が運営している美術館にも納められた。

仙一の葬儀は、滝本秀長が買ってくれた墓のある池上の寺で執《と》り行われた。出棺《しゅっかん》を前にして、八十一歳の妻淑子と娘の長子が会葬者を向いて挨拶《あいさつ》した。「仙一は、人の心の温かさを学んだとても幸せな人生だった、といい遺《のこ》して逝《い》きました。どこでなにを食べても、『おいしいね、おいしいね』という人でした」と、締めくくった。

茶屋は今泉仙一の葬儀に参列し、彼の妻と娘に会って、事務所へもどった。

サヨコとハルマキが、「どんなお葬式でしたか」ときいたので、仙一の妻と娘の出棺前の挨拶のことを話した。すると二人は、急に機嫌を損《そこ》ねたような顔をして、くるりと背中を向けて目を押さえた。どうやら二人の心に響いたようだった。

3

衆殿社の広津から茶屋に電話があった。

「たったいま、山沼先生から電話がありまして、先生の奥さんの勤《つと》め先の人が、六本木《ろっぽんぎ》の交差点で山沼美佐子《みさこ》さん、奥さんの名前ですが、その美佐子さんを見掛けたということです」

広津は息を切らしていった。

「六本木で……」

彼女を見掛けた人は車を単独で運転して、信号待ちをしていた。歩行者の群れが横切った。その群れのなかに美佐子の姿があった。声を掛けようとあわてて窓を下ろしたが、信号も変わり、彼女の姿は視界から消えていたという。

「私は山沼先生から、奥さんと娘さんの居所を早くさがせと、催促《さいそく》を受けていますけど、さがす方法が見つかりません。それで山沼先生に、茶屋先生のことを話しました」

「なんて……」

「ただの旅行作家じゃない。そんじょそこらの探偵とは、目の付けどころがちがうし、腕っこきの刑事の勘《かん》をそなえていらっしゃると」

「いいすぎだ」

「山沼先生は、調査料をはずむので、ぜひとも茶屋先生に調べていただきたいとおっしゃいました。そうおっしゃったところへ、奥さんの同僚の方から、奥さんを見掛けたという電話があったそうなんです」

「よし。山沼美佐子さんを見掛けたという彼女の同僚に会おう」

茶屋は黒の礼服からロッカーに用意してある普段着に着替えた。

広津と落ち合って、品川《しながわ》区北品川の「マンダリン」という会社へ向かった。化粧品製造の大手だ。中国、韓国への進出が目立っている企業で、埼玉や群馬に工場や研究所がある。

マンダリンの本社はすぐに分かった。十二階建てのクリーム色のタイルを張ったビルで、五段の階段を上って広いエントランスへ入った。突き当たりの壁ぎわに、ベージュと茶色を組み合わせた制服の女性の受付係が入口を向いていた。

広津は二、三歩入ったところで動かなくなった。

「どうした」

茶屋は広津の横顔をにらんだ。

「私は、こういう大きな会社が苦手で。身が縮みそうになるんです。先生がいってきてください」

どうやら威圧《いあつ》されたように感じるらしい。

茶屋は受付係に、第一営業部の桑原陽三《くわはらようぞう》さんに会いたいと告げた。

受付嬢は電話を掛けた。桑原に通じたらしく、「あちらの椅子でお待ちください」と、無表情で白いテーブルと椅子を指差した。

広津は、出入口近くで立像と化《か》したように硬くなっていた。

「茶屋先生は、どこへいっても、なにをしても平《へ》っちゃらなんですね」

「無神経だといいたいのか」

桑原陽三が出てきた。グレーに紺の縞《しま》の通ったスーツを着た四十歳見当だ。名刺を交換すると、

「茶屋次郎さんが、どうして山沼美佐子さんのことを……」

と、桑原はきいた。

「山沼澄夫さんとは友だちの間柄なんです。山沼さんを気の毒だと思ったものですから」

「山沼夫婦になにがあったのか分かりませんが、美佐子さんからは会社にも連絡がありません。深刻な事情があったのでしょうが、無断欠勤は、無責任でもあります。……私はきょう、六本木で美佐子さんを見掛けるまでは、どこかで事故に遭ったのではとも思っていました」

「見掛けた女性は、美佐子さんにまちがいありませんか」

「人ちがいではありません。私はほぼ六年間、彼女と一緒に仕事をしてきました」

「きょうの美佐子さんは、どんな服装でしたか」

茶屋は桑原の顔に注目した。

「服装ですか。特に目立つような物は……あっ、薄い色のコートを着ていたような気がします」

彼は溜池《ためいけ》方面からきて六本木通りの信号でとまっていた。美佐子は何十人かの歩行者にまじって、彼の左手から右手方向へ道路を横切ったという。その時刻をきくと午後三時四十分ごろだといった。

「美佐子さんはひとりでしたか」

「さあ、それは分かりません。私が彼女を見ていたのは十秒ぐらいのあいだでした。彼女はだれかと歩いているようには見えませんでした」

茶屋は首をひねっていたが、美佐子の写真はあるかときいた。

あると思うのでさがしてくると桑原はいって、椅子を立った。

十分ほど経つと、桑原は小走りにやってきた。

「山沼美佐子さんです」

といって、カラー写真を五枚、テーブルに置いた。

社内運動会でのスナップで美佐子は赤い鉢巻きをしていた。パソコンの前に腰掛けている彼女は少し上目遣いだ。社内の食堂らしいところで撮られた三点は、食事中だった。頬をふくらませて笑っている。四十八歳というが、ずっと若く見えた。特徴は眉《まゆ》の描きかただ。五枚とも眉を細く濃く長く引き、両端をはね上げていた。唇《くちびる》がやや厚いが、器量《きりよう》よしである。

「お嬢さんも家へ帰ってこないそうですね」

桑原は、山沼家にいったいなにが起きたのだろうといって、首をかしげた。

美佐子が帰宅しなくなった日の彼女のようすを憶えているかと、茶屋は桑原にきいた。

「べつに変わった点はなかったと思います。次の日に彼女のご主人と電話で話しながら、前日のことを思い出しましたが、小会議が二度あって、二度とも彼女は要点をメモしていました。私はそれぐらいしか憶えていませんが、普段と変わったようすはありませんでした」

小夏《こなつ》という娘は二十四歳。港区赤坂の［カマドール］という食品輸入会社に勤務していた。

その会社へ茶屋が電話した。山沼小夏についてききたいことがあるのでそちらへうかがいたいと告げると、甲高い声の女性は、待っていると答えた。小夏はぷつりと消息を絶って二週間になる。美佐子と同じでなんの連絡もないようなのだ。

茶屋と広津は、タクシーで小夏の勤務先へ着いた。

カマドールという会社は、鏡を貼りつけたような外観のビルの五階だった。ビルの壁には青山通りの往来が映っていた。案内された応接室のテーブルは白だった。応接室はガラスで仕切られ、社員がいる事務室が見えた。社員のなかには外国人の男女がいた。

メガネを掛けた五十がらみの男が応接室へ入ってきた。その人は常務の肩書きの名刺を出した。

山沼小夏は去年、大学を卒業して入社した社員だった。

「彼女のお父さんは、有名な小説家だそうです」

常務は不機嫌そうな顔をしていった。

「とても忙しい方です」

茶屋が答えた。

「私はその方面の知識がなかったので、山沼を採用する前の面接のとき、お父さんのことをききました。すると彼女はうれしそうにお父さんが書いた小説の名をいくつも挙《あ》げました。娘としては自慢だったんでしょうね」

小夏はどういう仕事をしていたのかを茶屋がきいた。

「外国の取引先へ注文を出す仕事です。品種がたくさんあるし、似たような名の商品もあるので、それをチェックして、発注していました」

入社後一年あまり経ち、ようやく仕事に慣れてきたところだったという。

茶屋は、小夏が出社しなくなった日を、ノートのメモを見ながらいって、その前日、なにか変わった点はなかったかをきいた。

「いいえ。なかったと、一緒に仕事をしている者はいっています。……彼女が出勤しなかったので、私が自宅へ電話しました。そうしたらお父さんが出て、『ゆうべ、家内と娘は帰ってこなかった』といいました。それで、家でなにがあったのかをききました。お父さんは、『別段変わったことはなく、きのうの朝は二人とも、いつも通りに家を出て行ったようだ』といいました。……どうやら、母娘《おやこ》が相談して家出したようです。お父さんは、なにも変わった点はなかったといいましたけど、二人には耐えられないような事情でもあったんじゃないでしょうか」

ここでも茶屋は、小夏の写真はないかときいた。

常務は部下にきいてみるといって、応接室を出ていった。

ガラス越しに常務の背中が見えていた。彼はパソコンに向かっている社員に声を掛けていた。

薄紫色のジャケットの女性が、スマホを手にして常務と話していたが、しばらくするとパソコンを操作して、プリンターから用紙を取り出した。常務はプリントした用紙を手にして応接室へもどってきた。スマホで撮った写真を拡大してきたのだった。

小夏は、目のあたりが父親に似ていると茶屋は感じた。それを広津にいうと、

「そうですね。小夏さんは父親似なんです」

茶屋と広津は、常務に礼をいい、小夏についての情報でも入ったら連絡してほしいといって、頭を下げた。

二人は、調布市の山沼家に着いた。山沼に電話しておいたのだ。住宅街のその家は門構

えの立派な木造二階建てで、門の両脇に人のかたちのような庭木が立っていた。午後七時半。その庭木の葉は黒くて長く、不気味な格好に映った。

丸顔で小柄なお手伝いが出てきた。彼女は、

「家事手伝いをさせていただいている宮長《みやなが》ふねでございます」

と、手を前で合わせておじぎをした。

彼女の背後に白と黒の毛の猫がいた。来客の素性をうかがっているように目を光らせている。茶屋が猫に向かって腕を伸ばすと、さっと後ろを向いて逃げていった。

山沼は二階から音をさせて下りてきた。黒いセーターに白い綿ズボンを穿《は》いていた。二人を招いた応接間はわりに広かった。壁には白波を蹴って走る帆船《はんせん》の油絵が架《か》かっていた。かたちだけの暖炉がつくられていて、その上には青黒い艶《つや》を帯《お》びた壺《つぼ》がのっていた。

「茶屋さんは忙しいのに、とんだ用事を頼んでしまって、申し訳ない。それに恥ずかしい話です。女房と娘に家を出て行かれた。なにが不満だったのか知らんが、迷惑なことです」

お手伝いのふねがお茶を運んでくると、ビールを出してくれと山沼が頼んだ。

「山沼さんは、夕飯の時間だったのでは……」

茶屋がいうと、いますしの出前を頼むので、一緒に食べていってくれといった。

4

広津が、美佐子と小夏の勤務先から借りてきた二人の写真を山沼に見せた。山沼はそれを手に取って、どれも最近のものだといった。

二人がどこかで暮らしていくとしたら、まず先立つものは金である。茶屋は、立ち入ったことをきくがといって、美佐子と小夏の預金通帳を見たかときいた。

「二人はそれぞれ預金口座をもうけています。私は二人の通帳を見たことがありません」

日常の生活費は、山沼澄夫名義の通帳から美佐子が引き出し、または自動的に引き落とされているという。

「通帳やカードは、奥さんが持っているということですね」

山沼はうなずいた。

「お手伝いさんの給料は……」

「家内が銀行から下ろして、支払っています。日常の買い物の費用も同じです」

「山沼さんのお小遣いは……」

「家内からもらっていました」

「奥さんは、お小遣いや、着る物を買うときは、ご自分の口座から下ろしてお使いになっていたんでしょうか」

「そうだったと思います」

「奥さんは、いまの会社に、いつごろからお勤めになったんですか」

「大学を出て入社して、娘を産んだときは何か月か休みましたが、それ以外はずっと……」

「奥さんは、いつごろからか生活費を負担する必要がなくなりましたね」

「私が稼ぐようになったのは、二十二、三年前。その後、彼女は生活費も、娘の学費も心配する必要がなくなった」

　そうすると美佐子は無駄遣いをしなければ、預金は増える一方だったとみてよいのではないか。

「私はいままで、家内の預金がどのぐらいになっているのか、知ろうとしなかった。ほぼ二十年間、生活費の負担をしなかったし、高価な物を買ったりしなかったとすると、現在預金はどのぐらいあると思いますか」

　山沼はまばたきしながら茶屋にきいた。

「お金のかかる趣味などがなかったら、一億円ほどにはなっているんじゃないでしょうか」

三、四回、海外旅行をしているが、それは大した出費ではなかったろうと、山沼は独り言のようにいった。

出前のにぎりずしが届いた。山沼はふねに皿を持ってこさせると、それに六、七個すしを盛って彼女に持たせた。ふねはお吸い物をつくって三人の前へ置いた。来客の接待には慣れているようだった。

応接間を出ていったふねは、猫の名を呼んでいた。キッチンで猫と一緒に夕食を摂《と》るようだ。

美佐子と小夏が帰宅しなくなった日の朝のようすを、茶屋は山沼にきいた。

「平日の二人は、私が寝ているうちに出て行きます。ですので、どんな服装で、なにを持っていったのか分かりません」

お手伝いのふねは何時に出てくるのかをきくと、朝の九時だという。

「前の日には、奥さんとお嬢さんに会っていますか」

「夜の七時のテレビニュースを観ながら、三人で夕飯を食べました。二人にはいつもと変わったようすはなかったようでした。もしかしたら私が気付かなかったのかも」

山沼は、自分でビールを注ぎ、すしに醬油《しょうゆ》をたっぷりとつけて頰張《ほおば》った。見ているとカズノコとコハダが好きらしい。

「私はくる日もくる日も、小説のことばかり考えていたので、家内と娘への観察を怠《おこた》っていたようだ」

山沼は、毛虫のような太い眉を動かした。

「最近の山沼さんに、なにか変わったことは……」

茶屋は、マグロとタイとアナゴを食べた。広津は小皿にすしを三つ四つ取っては、お吸い物を飲み、ビールも飲んでいた。

「変わったことといっても、大したことじゃないけど、つづけて二度、朝帰りしました」

女性とホテルか、女性の部屋で寝込んでしまったということだろう。

「それは、大したことですよ。奥さんとお嬢さんの出勤前に帰宅なさったんですか」

「そう。一度は二人が玄関で靴を履《は》いているところでした」

「奥さんは、なにかおっしゃいましたか」

「二人とも黙って出て行きました」

山沼はたぶん、這《は》うようにして、ベッドへ転がり込んだにちがいない。

次の日、山沼が茶屋に電話をよこした。

「お忙しいところを、きのうはお手数を掛けました」

といってから、美佐子の勤務先のマンダリンから電話があって、彼女から退職願が入った手紙が届いた、と伝えられたという。その封書に書かれていた住所は調布市の自宅のものだったという。

夕方も山沼は電話をよこし、小夏の勤務先のカマドールから電話があって、彼女の退職願と謝罪の手紙が送られてきたという。住所はやはり調布市の自宅になっていたといわれたという。

きょうの山沼の声は、風邪でもひいたように濁《にご》っていた。

美佐子と小夏は、どこかで一緒に暮らしているのだろう。二人は、世を果無《はかな》んで海へ身を投げたのではなかった。調布の家にいるときよりも元気で、腕を大きく振って歩いていそうだ、と思った瞬間、茶屋の頭にあることがひらめいた。

広津に電話し、六本木の交差点近くで落ち合うことにした。

ハルマキに、美佐子と小夏の写真をコピーさせた。茶屋は、サヨコとハルマキを連れて六本木へ向かった。

広津は、小さな鞄《かばん》を持って銀行の前に立っていた。

茶屋とハルマキ、広津とサヨコの二班が手分けして、盛り場の飲み屋を片《かた》っ端《ぱし》から聞き込みに歩くことにした。最近、開店したか、最近、写真の二人が勤めはじめたバーかスナックをさがすのだった。飲み屋と称する店は、大小併せて二千軒ぐらいありそうだ。その数を考えると気が遠くなりそうだったが、実行することにし、午後十時にふたたび集合するのを決めた。その間に、茶屋が気付いたことが的中するかもしれなかった。

「面白そう」

サヨコはいって、広津の袖を引っ張った。

「美佐子さんは四十八歳。大きい店へ就職するってことはないですよね」

昼間は眠そうな目をしているハルマキだったが、いまは七色のネオンの光をはね返している。

茶屋たちはキャバクラは除外して、バーやスナックだけでなくカフェにもおでん屋のような店にも入った。

午後十時、四人は銀行の前へ集合した。二班とも三、四十店をのぞいた。サヨコとハルマキは顔に疲れが浮かんでいた。

次の日の夜も、同じ聞き込みに歩いた。その次の夜も四人は、六本木の盛り場を一店ずつのぞいた。

茶屋もさすがに疲れを感じ、コンビニの前でハルマキと向かい合って缶コーヒーを口にかたむけていた。四十歳ぐらいの黒い服の男がコンビニへ買い物に入った。その男は重たそうなレジ袋を持って店を出てきた。

茶屋はその男を呼びとめて、美佐子と小夏の写真を見せた。男は茶屋とハルマキの顔を突き刺すように見てから、コンビニの灯《あか》りに写真をかざした。

「見たことがあるな」

男は美佐子の写真を見直した。

「最近ですか」

「つい何日か前。ウエスタビルの四階で、店をリニューアルしてオープンした……」

男はその店の名を思い出そうとしてか首を左右に曲げた。男の店はウエスタビルの地階。一週間ほど前、リニューアルした四階の店の女性が、きれいな色に染めた手拭を持って挨拶にきたという。以前、スナックをやっていた男性が病気になり、店を手放した。その店を女性が買い取って改装したのだと思う、と男はいった。

「挨拶にきたのなら、店の名だけでなく、店をやる人の名前をいったでしょうね」

茶屋は、男に一歩近寄った。

「たしか名刺を持ってきましたよ」

茶屋とハルマキは、男の後についてウエスタビルの地階の店へ入った。カウンターのなかの女性が、二人の男客に笑顔を向けていた。

黒服の男は名刺をさがし出した。

店の名は［四季島《しきしま》］でママの名前は鮎川《あゆかわ》美佐子。

「この人は、独りで挨拶にきたんですね」

茶屋は名刺をメモして男に返した。

「独りでした。四十をいくつか出ていそうだったけど、地味な物を着たきれいな人でした」

茶屋は広津に電話した。奥さんと思われる人がやっている店が見つかったことを伝え、ハルマキと一緒に四階へ上がった。スナックと思われる店が四店、扉を並べていた。四季島の扉はコーヒーのような色をしていて、店名は金色だった。

「入るの……」

ハルマキが上目遣いをした。

「あたりまえじゃないか」

「なんか、恐い」

「じゃ、おまえはここに立ってろ」

茶屋がそういったが、ハルマキは彼の背中についてきた。

ドアを開けると、「いらっしゃいませ」と奥から明るい声が掛かった。天井からラテンの曲が降っている。

カウンターのなかには女性が三人いた。一目でそのうちの二人が美佐子と小夏だと分かった。客はいなかった。茶屋は客を装って、ハルマキとカウンターに並んで、ウイスキーの水割りを頼んだ。美佐子は笑顔をつくったが、瞳は落着きなく動いていた。

小夏ともう一人の女性は、背中を向けてつまみと水割りをつくっていた。もしかしたら茶屋たちはこの店の最初の客ではないかと思った。

「あと二人きます」

茶屋が美佐子にいった。

彼女は、「ありがとうございます」といったが、茶屋とハルマキを交互に見て笑顔を消した。水色のシャツを着ているが、袖口《そで》が震えていた。

水割りグラスを小夏が置いた。

「あなたたちも一緒に飲んでください」

茶屋がそういったところへ、ドアが開いた。

三人は、「いらっしゃいませ」といったが、その声は細かった。

入ってきたのは広津とサヨコだ。広津はカウンターのなかに並んでいる三人の女性を見てから、店内を見まわした。サヨコは薄笑いを浮かべてカウンターにとまった。

「きれいなお店ですね」

サヨコはカウンターの鏡板を撫《な》でた。一週間前にオープンしたのだと美佐子がいった。

四人はほぼ一時間いて、水割りを二杯ずつ飲んで引き揚げることにした。料金をきくと、美佐子が、「二万円です」と遠慮がちにいった。

外へ出ると広津が山沼に電話した。

「奥さまとお嬢さまは、六本木でスナックをやっていらっしゃいます。それを茶屋先生が見つけました。小ぢんまりとしたきれいなお店です。お客さんがいないので、山沼先生が行ってあげてください」

山沼は、「美佐子がスナックを……」といったきり言葉を失っていたという。

広津は、四季島の場所と電話番号を山沼に伝えた。


翌々日、山沼が事務所へ出たばかりの茶屋に電話をよこした。山沼は、ゆうべ、六本木の四季島へ行ってきたといった。

「奥さんとお嬢さんは、びっくりしていたでしょう」

「いや、近いうちに訪ねてくるだろうと思っていたと、女房は白けた顔をしていました。

……ほかにお客はいなかったので、どうしてこんなことをと私がきいたら、女房は、前から店をやりたいと考えていたと」

「前から……」

「そこへ知り合いからいい話が舞い込んだので、思いきって店をやることにした。私や勤め先にいちいち断わっていたら、実現がむずかしくなるかもしれないんで、黙ってやってしまおうと決心した。娘には前々から、適当な店があったらって話していたそうです。二人とも私と暮らしているのが嫌になったらしい。女房は、会社勤めにも飽きたっていいました」

「二人のお住まいをききましたか」

「そのうちにいうといって、答えてくれませんでした。……金に余裕ができたんで、店でもやろうって考えたらしいが、いい気なものです。私は、困っても泣きついてくるなよっていって、三十分ばかりであの店を出て、知り合いの店で飲んで帰りました」

話しているうちに、山沼の声は小さくなった。「近いうちに会いましょう」といったが、洟《はな》をすすったようだった。

5

茶屋にはやりかけた仕事があった。広津を幾日も使うことはできなかったので、ハルマキを連れて木曽福島へ向かった。サヨコも同行したいといったが、事務所を無人にするわけにはいかないので、留守番を命じた。

「ハルマキ、車の運転は慎重にな」

サヨコは男のようないいかたをした。

最初に訪れた時と同じで、塩尻まで列車でいってレンタカーを調達した。

ハルマキにハンドルを持たせると、

「車にはちょくちょく乗るのか」

と、茶屋がきいた。

「しょっちゅう乗ってます。母がドライブ好きなんです。この前の日曜は鎌倉《かまくら》へいきました」

「鎌倉へは、なにしにいったんだ」

「銭洗弁財天《ぜにあらいべんざいてん》へお参りに。母は笊《ざる》に一万円札を五枚も入れて、お金が増えますようにって、お願いしてました」

「お母さんは、なにか商売でも……」

「四年か五年前まで、家の近くに小さい店を借りて、鯛《たい》焼き屋をやっていました。そのころは、夕飯がわりに、売れ残った鯛焼きを食べさせられる日が。いまでも鯛焼きを見ると、胸が焼けます」

ハルマキは、突き出した胸を撫で、以後、鯛焼きの話だけはしないでといった。

木曽川に沿ったりはなれたりしながら福島に着いた。この前は気付かなかったが、この町には赤い屋根の家が多い。

きょうもきのした旅館の前をゆっくりと通り越し、五十メートルほどはなれたところへとまった。この前もそうだったが、車をとめたところは板戸が閉まった二階屋の前。そこは以前商店だったのが廃屋になったようで、軒《のき》下には蜘蛛《くも》が巣を張っていた。

茶屋とハルマキがきのした旅館の玄関をにらんで二時間ほどがすぎた。その間の変化は、郵便配達が白い物をポストに入れたこと、宅配便が四角い物を持って入っただけだ。

ハルマキは、ときどき缶コーヒーを口にかたむけたり、あくびをしたりしていた。茶屋が運転席へすわった。

「戸久地文加さんは、まだあの旅館に勤めているんでしょうね」

　ハルマキがあくびをこらえた声でいったところへ、旅館の横から車が出てきた。その車は茶屋たちの車の横を通りすぎる。運転しているのは文加だった。五、六十メートル後ろからその車を尾《つ》けた。

　文加が訪ねた先は、先日立ち寄った和菓子屋だった。きょうも彼女は、旅館の客に出す菓子を買いにきたのだろう。

　文加は菓子店からなかなか出てこなかったので、茶屋はその店の前を通ってみた。彼女は店先で、白衣を着た女性と立ち話していた。

　突然、夜が迫ったようにあたりが暗くなり、細い雨がななめに降った。

「寒い」

　ハルマキはジャケットの襟に首を埋《うず》めた。

「あんまり車を暖めると、眠くなる」

　頭上をおおっていた雲が動いて、空が明るくなった。

　文加はきのした旅館へもどった。

　中年のカップルと男が二人、きのした旅館へ入った。旅館の灯りが道路にこぼれた。

　茶屋とハルマキは行人橋近くの笹の家旅館へ泊まることにした。

次の日、文加に変化があった。

旅館から客が二組出て行ってから約一時間後の午前十時二十分、文加が車に乗って出てきた。彼女は、木曽川とJR中央本線に沿う中山道を南に向かって走った。上松、須原宿、南木曽《なぎそ》を下って妻籠、馬籠を通過し、中津川《なかつがわ》市と美濃加茂市をも通過すると犬山市に入った。きょうの彼女は休みのような気がする。

「きょうは遠くまで行くんですね」

ハルマキは文加の小型車をずっとにらんでいた。

前方左手に城が小さく見えた。緑のこんもりとした山の上に天を衝《つ》くように白い城が浮かんだ。そのかたちは風雅である。

「国宝の犬山城だ」

文加の車は川沿いの道路から細い道へと逸《そ》れた。ナビゲーターの指示にしたがっているのか、迷うふうもなく逸れたということは、何度か通って地理に通じているにちがいない。着いたところは、犬山城の広い駐車場。車を降りると、三光稲荷《さんこういなり》神社の赤い鳥居の前を通って、犬山城への階段を昇った。

そこには観光客が何人もいた。外国人もいる。緩《ゆる》い傾斜の石の階段は長く、苔《こけ》むした石垣に沿っていた。そこで、観光客のなかにまじって石段を昇っていた文加の姿を見失って

川岸に建つ天守から、濃尾平野を
雄大に流れる木曽川を望む

戦国の世から残る犬山城天守閣は、
国宝にも指定されている

巨岩を紅葉が彩る絶景が楽しめる恵那峡遊覧船

しまった。ハルマキは石段を駆け昇ってみたが、文加の姿はなかった。

「おかしい」

茶屋とハルマキは顔を見合わせ、石段を下った。赤い鳥居の前を通って、駐車場へ引き返した。文加の車はとまっている。彼女は足早に犬山城への石段を昇りきって、お城へ入ったのだろうか。

お城を見学にきたにしては、彼女は急《せ》いているように速足で石段を昇りはじめていた。まるでなにかに追われているような足取りに見えた。

彼女はお城への石段を昇る途中で、急に方向転換し、観光客のなかへまぎれ込んで下ってしまったのではないか。そうだとするとここを訪れた目的はなんだったのか。

茶屋とハルマキは、駐車場とお城へ通じる樹木の道が見える場所で張り込んだ。

「おかしい。歩きかたがおかしかった」

ハルマキは、文加を見失ったことを悔《くや》んでか唇を噛《か》んだ。

「彼女は尾けられるのを意識していたんじゃないか」

茶屋は首をかしげた。

「わたしたちが尾行しているのを、見破ったんでしょうか」

「それはどうかな。……尾けられるのを意識しているとしたら、なにか隠しごとをしているんだ」

「隠しごと。……なんでしょうか」

茶屋とハルマキが張り込んで三十分あまりが過ぎたところへ、文加が赤い鳥居の下にあらわれた。彼女は立ちどまると左右に首を振った。人目を警戒しているようにも見えた。

車にもどるのかと思っていたら、彼女は信号を渡って、太字の大きい看板を出しているそば屋へ入った。昼食を摂るらしい。

「腹がへったか」

茶屋がハルマキにきくと、

「大丈夫。これで我慢するから」

と、彼女はアメ玉を口に放り込んだ。

ハルマキは信号を渡って、そば屋をのぞきに行ったが、すぐにもどってきた。文加がだれかと会っているかを見に行ったのだった。

ハルマキは首を振った。文加はだれとも会っていないという。

文加は三十分ほどしてそば屋を出てくると、駐車場の車にもどった。なにを目的に犬山へきたのか、茶屋たちには分からなかった。

彼女は、午前中にやってきた中山道をもどると、恵那市と中津川市にまたがる木曽川中流部の峡谷《きようこく》に入った。人造湖の恵那峡に着いたのだ。彼女の到着を待っていたように灰色の雲が割れ、蒼《あお》い湖に陽がそそいだ。湖面は縮緬皺《ちりめんじわ》を浮かせている。

ここには遊覧船があった。二十数人の観光客が船の出航を待っていた。茶屋は遊覧船に乗る列に加わるかを迷ったが、ハルマキが背中を押した。文加は船の後部近くの席にすわる。その視線を避けるようにして、茶屋とハルマキは他の観光客にまぎれて乗船した。

船は小さな波をつくって湖面を滑り出した。すぐに花崗岩《かこうがん》の奇岩や絶壁があらわれた。それは巨大で、まるで積み上げたように重なり合い、いまにも湖に倒れかかってきそうな格好をしていた。岩のあいだにはモミジが、火を点《つ》けたようにちりばめられている。

文加は独りきりの観光を楽しんでいるのだろうか。船を降りて車にもどると、目を瞑《つむ》っているのかしばらく動かなかった。

彼女には週に一日ぐらいの休みがあるのだろう。そのたびに自分の車に乗って、観光地めぐりでもしているのだろうか。

東京上野でいわとデザインという革製品の工房をやっている岩倉さやかの話では、文加は五年前、木曽を旅行して帰ると、『木曽に住んでみたくなった』といって、一緒に運営していた工房から去っていったという。そして木曽福島のきのした旅館へ住み込みで就職した。これが彼女の憧れの暮らしなのだろうか。

茶屋は初めて文加を見たとき、「この旅館で働いているのは不似合いだ」と感じた。客扱いには慣れているようだったが、容姿《ようし》と立ち居が、木曽の古い宿場の色に染まりきっていなかった。彼女は三十五歳だ。結婚などを考えたことがなかったのか。休みの日に会って、行楽をともにする人はいないのだろうか。

茶屋は自販機で買った缶コーヒーをハルマキに与えると、運転席から文加のようすをうかがった。彼女は船酔いでもしたのか、車のなかで動かなかった。

「だれかを待っているんじゃないかしら」

ハルマキだ。

「そうかも」

茶屋はそういったが、ふと、文加が三光稲荷神社の赤い鳥居の前へ姿をあらわしたときを思い出した。彼女はそこを通りかかったように見えたが、神社を参詣《さんけい》したのではないかと気付いた。

きょうの彼女は、犬山城へいったように見せかけ、お城見学ではなく、じつは稲荷神社へいったのではないかと感じた。

「神社へ、なにしにいったんでしょう」

「お参りじゃないのか」

「神社へお参りにいった人が、お城の石段を昇った。昇りの途中で気が変わったみたいに石段を下りて、そして稲荷神社へ入った。あの神社にはなにかあるんじゃ……」

ハルマキは前を向いたままいった。

「なにかある……」

茶屋はハルマキのいった言葉を噛み砕《くだ》いた。

「いってみよう。稲荷神社の境内《けいだい》へ入ってみよう」

茶屋は、犬山市へ車を向けた。

陽はかたむいて、助手席のハルマキの顔に刺さっていた。

ふたたび犬山城の駐車場へ入った。車を降りたところで、赤い鳥居のほうを向いた。文加がふたたび鳥居の下に立っているような錯覚におそわれた。

二人は神社に参拝すると、あたりを見渡した。別段珍しいものは視界に入らなかった。はたして文加は参拝だけにここを訪れたのか。茶屋は人けのない境内を歩きながら首をひねった。

ハルマキがぎっしりと吊《つ》り下がっている絵馬の前へ立った。健康祈願、家内安全祈願、安産祈願、大学合格祈願。どこの神様に対しても人がお願いすることは似たりよったりだが、

「先生、面白いのもあるよ」

とハルマキはいって、絵馬を読んだ。

「W大学に合格できたらなんでもします、だって」

「あとで後悔するだろうな」

「ヤケのヤンパチで出ていったけど、火付けだけはするな、だって」

「なにがあったか知らないが、放火だけはしないでもらいたい」

「ジローのバカ。もう帰ってこないで、だって」

「どこかで同じような絵馬を見た気がする。それを書いた人は、お母さんかも」

ハルマキは面白がって、一風変わったことが書いてある絵馬をさがした。

「五月三日、木曽三川《きそさんせん》公園で正午に・F」「七月十六日正午、稲荷神社前で・F」「九月十日正午、犬山城天守で・F」

「……これ、同じ人が書いたのだと思うけど」

ハルマキは少し変色した絵馬を手にした。

茶屋は目を見開いた。からだに電気が流れたように、ぶるっと震えた。赤い紐《ひも》で吊ってある絵馬のなかから、同じようなことが書かれているのをさがすことにした。何年に奉納《ほうのう》されたものかは分からなかったが、同じようなことが書かれているのが、十一枚見つかった。どれも日にちと時刻が書いてある。その時刻に会いたいというサインではないかと思われた。

「あっ、これ……」

真新しいのをハルマキが見つけた。

［十二月八日正午、東海大橋東詰《とうかいおおはし》・F］

「これは、きょう奉納したものじゃないか」

茶屋はそれを手にとってじっと見つめた。絵馬の板も新しいし、黒い文字も手に移りそうだ。それにハルマキが選び出した十一枚の絵馬の文字と［東海大橋東詰］は同じ人の手によるものらしい。

「東海大橋とは、どこなんだ」

茶屋がいうとハルマキはスマホで検索した。

［東海大橋（木曽川・長良川《ながらがわ》）愛知県愛西《あいさい》市と岐阜県海津《かいづ》市の木曽川、長良川に架かる愛知県道・岐阜県道8号津島南濃《つしまなんのう》線の橋］

地図を見ると、木曽川と長良川が合わさるように近寄った地点の南だった。

茶屋は、参詣客の目を盗むようにして［東海大橋東詰］の絵馬を撮影した。

これは神さまへの願いごとではない。ある人から別のある人への伝達だ。携帯電話が普及しているのに、その人たちは絵馬を伝達方法に用いている。ある人の書いた絵馬を、特定のある人が読む。そして指定された日時に指定された場所へ行く、その人たちはそこで落ち会うのではないか。

もしも警察がこれを必要と認めた場合、現物を持ち帰って指紋照合するだろう。

「だれかと会うために、なぜ電話でやりとりしないんでしょう」

車の助手席に乗ったハルマキは首をかしげた。

「あとで調べられたとき、通信記録は証拠としておさえられる。あるいは、通信記録から人物が特定される。それを恐れたんじゃないかな」

「証拠として……。というとある人と別のある人は、犯罪に……」

茶屋は首を縦に振ると、東名《とうめい》高速道へ車を向けた。

七章　姉弟《きようだい》

1

十二月八日。広津の運転する車に、茶屋とハルマヤが乗って、東名高速道を西へ走った。道路は途中で名神《めいしん》高速道に変わった。一宮《いちのみや》で高速道を下りて、国道を南下した。

三人の乗った車は午前十一時すぎに東海大橋の東詰近くに着いた。木曽川に沿う堤防を歩いた。江戸時代、各地の奉行が堤防の築造《ちくぞう》にあたったという背割堤《せわりてい》が見えた。堤の向こうは長良川だ。枯《か》れ草の茂った岸辺に、笹の葉のような小舟がつながれて揺れていた。けさの東京は冷たい風が吹いていたが、ここは穏やかで、陽差しが川波を輝かせていた。

堤防の下に小型車がとまった。茶屋は双眼鏡をのぞき、広津に渡した。広津は双眼鏡をのぞきながらうなずくように首を動かした。ハルマキものぞいた。

「戸久地文加さんですね」

三光稲荷神社の絵馬は、文加が書いたものにちがいないという茶屋の勘は的中した。彼女はだれかに会う――

文加は薄い色のコートを着ていた。襟《えり》にはマフラーらしい黒いものがのぞいている。彼女は堤防にあがると川を眺めるように立った。手には紙袋のような物を提《さ》げていた。

上流側から黒い服装の男が彼女に近づいてきた。二人は短い会話を交わすと川を向いて堤防の草の上に腰を下ろした。

文加が持ってきた物を男の膝の上に置いたようだ。二人は川を眺めながら会話し、食事をはじめた。

三十分ほどすると二人は立ち上がった。五、六歩歩いて立ちどまった。

茶屋たち三人は散歩している者のように歩いて、二人に近寄った。

文加が茶屋に気付くと、「はっ」といって胸を押さえた。彼女に並んでいた男はくるりと後ろを向いた。だが茶屋は、一瞬だが男の顔をはっきり見ていた。彼の目の裡《うち》に浮かんだのは、井坪ルリ子が尾島彩美の話をきいて描いた男の似顔絵。その絵によく似た顔の男が後ろを向き、肩で息をしている。

「戸久地昌大さんですね」

茶屋は、昌大へとも文加へともなくいった。だが二人は、凍《こお》ってしまったように動かず、返事もしなかった。

「文加さん」

茶屋が呼ぶと彼女は、ぴくりと肩を動かした。

「あなたと昌大さんは、何年ものあいだ、人目を忍んで会っていたんですね」

茶屋がいったが、文加は顔を伏せたままなにも答えなかった。

広津とハルマキは、昌大の逃げ道をふさぐように上流側に立った。

「私たちがなぜここへきたのかを話しましょう」

茶屋が切り出すと、文加は一歩退いて、話などききたくないといっているように首を振った。

茶屋は、彼女が退いた分、彼女に近寄った。

「あなたは、三松屋の宇垣好昭さんを知っていた。宇垣さんは、あなたが木曽福島のきした旅館に勤めているのを知って、あなたに会いにきたのでしょう」

文加は顔を上げた。茶屋に向けたまなざしには、強い憎しみがこもっていた。

茶屋は突き刺さるような彼女のその視線を振り払った。彼女と昌大にいいたいことやききたいことは山ほどあったが、それは警察がやることだった。

茶屋は広津に合図を送った。広津は茶屋と文加から少しはなれると、ポケットからスマホを取り出した。一一〇番へ掛け、通報した理由を短く説明した。

昌大は走って逃げ出すのではと思ったが、枯れ草の上へしゃがみ込んだ。頭でも抱えて泣きはじめるかとも思ったが、ゆったりと流れる木曽川にうつろな目を向けているだけだった。きょうまですごしてきた人生のさまざまな出来事を思い返しているようでもあり、人生を真《ま》っ二《ぷた》つに割ったような過去の事件を、川が流してくれないものかと希《ねが》っているようにも見えた。

愛知県警のパトカーに先導されて黒い乗用車が二台到着した。犬を連れて堤防を歩いていた人が立ちどまった。

黒っぽい服装の男女の警察官が、文加を前の車に乗せ、昌大を後ろの車に押し込んだ。肩幅の広い五十男が、茶屋とハルマキと広津の素性を確かめるような目をしてから、パトカーの後についてきてもらいたいと表情を変えずにいった。

東京へもどって三日後、茶屋次郎は警視庁へ招《よ》ばれた。六年前の通り魔事件を解決に導いた茶屋に、話があるらしかった。捜査一課刑事の三人とテーブルをはさんで向かい合っ

た。一人の刑事が、

「戸久地昌大が犯した銀座の無差別殺傷事件の、供述《きょうじゅつ》内容を話します」

といって、ファイルを開いた。

――六年前の八月十八日、日曜日、戸久地昌大は世田谷区の砧公園近くの住宅展示場に出勤した。モデルハウス見学に訪れる客を迎えていたのである。彼はその展示場の案内係だった。週に二日、平日に休みがある。土曜と日曜と祝日は平日より見学者があるので休めなかった。朝十時から午後四時半まで客が訪れるのを待っていたが、一人もあらわれない日もあった。彼の上司の一人は、『きみはなんとなく憂鬱《ゆううつ》そうな顔をしているので、お客はモデルハウスを見る前に、見学の意志を失《な》くしてしまうんじゃないのか』と、面と向かっていった。

彼は夜間の大学を卒業して塩尻市に本社のある塩嶺社に就職していた。そこでもある上司から、『少し笑っているように目を細めていろ。なにか不満でもあるような冷たい目をしたきみを見ると、気分が悪くなることがある』といわれたことがあった。

塩嶺社には十数社の関係会社があった。そのうちの一社が東京の奈良井建設。奈良井建設の社長の娘の枝野真智《えだのまち》はプロゴルファーだった。真夏のことだったが、軽井沢《かるいざわ》で行われたプロゴルフのトーナメントに彼女は出場していた。プロになって五年の実績があったが、それまでの最高の成績は七位。予選落ちを何回か経験していた。

軽井沢でのトーナメントでは、塩嶺社や奈良井建設の社員が何人も枝野真智の応援に駆けつけた。昌大は上司に、プレー中の真智が摂《と》る水とスナックを持ってまわる役目を指示された。氷を入れたバケツに水のボトルを浸《つ》けて、木曜のプロアマの試合日からの四日間、プレーする真智を追ったのである。彼女は十位でプレーを終えた。

その日が縁で昌大は真智に気に入られた。彼女は練習日に昌大を電話で呼ぶことがしばしばあった。彼は同僚に断わって、彼女がボールを打っている練習場へ駆けつけていた。

このことが上司に知られた。奈良井建設の社長の娘に気に入られているのなら、塩尻にいるよりも、東京の奈良井建設に勤めたほうがなにかにつけ至便《しべん》ではないかと上司は判断し、出向を命じたらしい。

真智は昌大に恋心を持ったわけではなかった。彼女には恋人がいて、練習が終われば恋人の車に同乗して出掛けた。昌大は彼女の使った道具を片付け、彼女の自宅へ届けていた。

六年前の八月十八日、住宅展示場に勤めている昌大に、真智から電話があった。練馬《ねりま》区内のゴルフ練習場にいるのですぐにくるようにといわれた。『日曜なのに練習場に……』

昌大は首をかしげた。女子プロトーナメントは軽井沢で行われているからだ。『そうか、彼女は予選落ちしたのだ』と、納得した。が、無性《むしょう》に腹が立った。日曜の住宅展示場は多忙になる。そういう相手のことをまったく考慮しない女がいる。

昌大は腹のなかで繰り返した。『普通より少しばかり背が高いだけじゃないか』『ボールを少し遠くへ飛ばすことができるだけじゃないか』と。

彼は彼女のいいなりに練習場へいくと電話で答えたが、横を向いて唾《つば》を吐いた。『殺してやる』と、一声叫ぶと展示場から駆け出し、環八通りを瀬田方面に向かって走った。どこへいくというあてもなく走り、細い川沿いに着いた。古い民家が並ぶ路地に建つ一軒の勝手口に手を掛けた。施錠《せじょう》されていなかった。台所には電灯が点いていた。だれもいないようだったので土足のまま上がり、流し台の下のドアを開けた。そこには光った包丁が四、五丁差してあった。彼はそのなかの出刃《でば》包丁を抜いて腰に差した。走って多摩川《たまがわ》通りへ出たところでタクシーに乗った。迷わず、『銀座へ』と告げた——

取り調べにあたった刑事は昌大に、事件を起こす前の体調を尋ねた。すると、食事の味を感じなくなったので、病院で診《み》てもらった。内科から神経内科へまわされた。外出が嫌になっていたし、テレビをつけっ放しにしておかないと不安になり、夜通しつけておいたと訴えた。医師は、軽症のうつだと診断し、睡眠導入剤を処方してくれた。

その薬は一か月でなくなったので、あらためて病院を受診した。体調は改善しないので、また睡眠導入剤を処方して欲しいというと、医師は、つづけて服用しないほうがいいといって、何も処方してくれなかった。寝床に入っても眠れずに、朝がたまでテレビに向かい合っている日があった、と供述した。

――昌大は銀座で無我夢中で、何人かを出刃包丁で切りつけると、三松屋のトイレへ飛び込んだ。パンツを脱いで出刃包丁を包んだ。洗面所で顔を洗ったところへ、背の高い男が入ってきた。どこかで会ったことがあるような男だった。その男はすぐに洗面所を出ていった。

早足に歩いたり走ったりして、築地本願寺《つきじほんがんじ》の脇を通り抜け、隅田川《すみだがわ》の岸に着いた。昌大は川がどちらに流れているのか分からなかった。川沿いの倉庫の脇を通って川岸へ出ると、パンツにくるんだ出刃包丁を川へ放り込んだ。

それから五、六日間、歩きつづけた。東京から遠ざかることだけを考えて。コンビニでにぎり飯と水を買って、人のいない場所で食べ、木立《こだち》のある神社や公園や川岸で眠った。家にいるときは眠れず、一晩中、ぼんやりテレビを観ていたり、昼間の住宅展示場では何度も居眠りしていたものだが、放浪をつづけていると、布団の上でもないのに夜はよく眠れるのだった。

知らない町を歩いているうちに、見憶えのある風景に出会った。それは南アルプスの甲斐駒ヶ岳であり八ヶ岳だった。

もう何日経ったのか分からなくなった。諏訪湖に着き、湖の水を浴びた。

コンビニのATMで預金を下ろした。どこで預金を引き出したかは当局につかまれるだろうから、ちょくちょく下ろさずまとまった金額を引き出した。

旅行者に化けるためにリュックを買った。靴底がはがれたので、スニーカーを買って履いた。

天竜川《てんりゆうがわ》の水源が諏訪湖だということを知った。その天竜川の流れに沿うように、南へ。

旅館や民宿の看板を見ると、そこへ泊まりたくなったが、服装を見て怪《あや》しまれると思い、野宿を決めて、山径《やまみち》や田圃《たんぼ》のなかを歩き通した。夜、畑に忍び込んでスイカを割って食べた。トウモロコシも食べた。畑のなかに仰向《あおむ》いて、星の動きを眺めていた。

田園地帯を歩いていると、ところどころに農機具などを入れている小屋があった。雨の日は小屋のなかに身を縮めていた。

松川町《まつかわまち》というところで、天竜川の川岸に腰を下ろしていたら、男に声を掛けられ、どきりとした。リュックを背負ったその男は、天竜川河口まで歩いて下る旅をしているのだと、昌大がききもしないことをいった。頭は丸坊主で、顔は真っ黒に日焼けして、髭を伸ばしていた。一緒に歩かないかと誘われたが、『上流へ向かっているんだ』と嘘《うそ》をついて断わった。

飯田《いいだ》に着き、リンゴ並木のある街を横切った。熟していないリンゴを二つ盗んだ。道路に立っている地図をじっと見ていた。大平《おおだいら》街道を登って大平峠《とうげ》を越えると、木曽にいたることを知った。塩尻にいたとき、中山道の木曽路を歩いてみたいと思ったが、実現しなかったことを思い出した。

山に囲まれている木曽でなら、人目をしのんでひっそりと暮らせそうな気がしたのだ。高台の森林のなかで一夜をすごすと、大平街道を越えることにした。山道はくねくねとよじれ、深い樹林は暗かった。夜になると寒くなった。夏はとうにすぎ去ったような冷たい風が木々を騒がせる。大平峠の標高は一三五八メートルと出ていた。

南木曽のひっそりとした温泉場を通り越したところで、男滝《おだき》、女滝《めだき》に出会った。そこには観光客が数人いたので、人目を避けて足を速めた。坂道を下りきったところは読書《よみかき》という地名だった。

石畳の道があらわれた。標高八〇一メートルの馬籠峠に着いた。そこからは坂の多い町並みが見えた。馬籠宿にちがいなかった。古い町並みを見て歩いている人が大勢いる。家々のあいだからは薄い煙と湯気が立ちのぼっていた。

石段を下ったところに「一位《いちい》」という漆器《しっき》の店があった。その店には客が入っていなかった。赤や黒に塗られた漆器の棚の中央を通路が貫いていた。昌大はその店でトイレを借りた。前の日からの腹痛が激しくなっていたのだ。

トイレから出た彼は、その店の人に誘われたように作業をしている男に近寄った。鉢巻《はちま》きをした六十代に見える男は木を削っていた。昌大を見るとにこりとして作業をつづけた。昌大は土間へリュックを下ろした。なぜかからだの力が抜け、立っていられなくなった。崩れるように土間にしゃがみ込んだ。

気が付くと、布団の上に寝ていた。からだにはやわらかな毛布が掛かっていた。

六十代だと思われる女性が枕元にすわると、『疲れているようだね』といい、なにか食べるか、ときいた。さっき作業をしていた男がやってきて、麦茶を飲ませてくれた。

彼は、お茶漬けとコンブの佃煮《つくだに》を馳走《ちそう》になった。熱いものが込み上げてきたが、唇を嚙んでこらえた。

彼は丸二日熟睡し、元のからだにもどった。

その家は作藤《さくとう》という姓で、主人は十次《じゅうじ》という名だと分かった。昌大は、中村修平《なかむらしゅうへい》と名を偽った。

作藤家の家族は、主人の妻のキヨと娘の郷子《さとこ》。郷子は三十二、三歳だろうが独身だった。

昌大の修平は、三人と一緒に食事をした。三人は、修平に、どこからきてどこへいくつもりだったかをきかなかった。四日経っても五日経っても出ていかない修平に、なにもきかなかった。修平は毎日、十次の仕事を見ていた。『面白いか』と十次がきいた。『面白いです』と答えると、十次は道具と材料を指差した。修平はそれをじっと見ているだけだった。二、三日すると十次は鋸《のこぎり》の使い方を修平に教えた。四角い木材をいくつも切断した。それがやがて十次の手にかかって椀《わん》になるのだった。

十次も、キヨも、郷子も、修平に、ここに居つづけるのか、いずれどこかへいくのか、帰る場所はないのかもきかなかった。

そして六年の歳月が流れ、修平は一位で轆轤《ろくろ》を回し続けていた――

2

塩嶺社も奈良井建設も、住宅展示場から姿を消した戸久地昌大のことを警察に届けなかった。昌大を、銀座で白昼に発生した無差別殺傷事件の犯人か関係者ではないかと疑ったからである。昌大が犯人だとしたら会社の名誉は大いに傷付く。両社は何日か後、昌大は海外へ出張していることにしてもらいたいと、実家と文加に伝えた。

茶屋は警視庁で戸久地昌大の供述内容をきいて事務所にもどり、サヨコとハルマキにそれを話した。

そこへ宇垣と本郷の事件を管轄する長野県警塩尻署から電話があった。愛知県警から送られてきて、取り調べを終えた戸久地文加の供述内容を話したいので、来署してもらいたいといわれた。何度も呼び出したことを気にしていたのだろう。

「説明をきかなくても、おおよその見当はついているのに」

茶屋には原稿を書くという仕事が待っている。何日ものあいだペンを持っていないので、手がむずむずしているのだ。

「先生。早く塩尻署へ行ってください。塩尻署は、三松屋の宇垣という社員の事件を扱ったんです。彼がなぜ殺されたかを、詳しくきいてきて、それを書かなきゃ」

サヨコだ。

次の日、茶屋は特急列車で塩尻へ向かった。中央本線の特急はきょうも満席だった。J

Rはどうしてこの線に新幹線建設を計画しないのかと、新宿駅で買った弁当を膝に置いて首をかしげた。

　塩尻署では、署長室で刑事課長から戸久地文加の供述をきくことになった。

──六年前の八月、奈良井建設の幹部社員の訪問を受けた。日曜日に銀座で発生した無差別殺傷事件に、弟の昌大が関係している可能性を匂わされた。『無関係であることを祈っている』といわれたが、昌大が自宅へ帰っていないことを考えると、幹部社員の言葉はあたっていそうとも思われた。電話が通じなくなっているのも不安をかり立てた。富山の実家へも昌大はなんの連絡もしていなかった。

　彼の行方が分からなくなって一年近く経ったところへ、文加の自宅に差出人名のない手紙が届いた。それは昌大からだった。彼は木曽のあるところで住み込みで勤めていると書いていた。そのあるところは馬籠だった。

　文加はすぐに返事の手紙を送った。昌大は息を潜めるようにして暮らしているにちがいないと思った。彼女は会って話をききたくなった。木曽からはなれた土地で会うことにし、恵那峡の乗船場を指定した。彼からは了解の電話があった。彼に携帯電話をどうしたのかときくと、失くしたといった。

六月のどんよりと曇った日の昼前、彼女は昌大に会った。彼は、観光船を待つ人のなかからあらわれた。会うのは二年ぶりだった。彼は陽のあたらない場所にいるらしく、蒼白い顔をして痩せていた。

彼女は暮らしをきいた。作藤という家に世話になっているが、そこの人は温かで、主人は丁寧に仕事を教えてくれているという。

彼女の最大の関心事は、彼が銀座の大事件に関係しているかだった。彼女は唇を震わせながら事件にかかわったのかをきいた。

『おれがやった』昌大は俯《うつむ》いて答えた。なぜ事件を起こしたのかときくことはできなかった。

二人は乗船場からはなれたところに腰を下ろして、湖を眺めながら、近くの店で買ったパンを食べた。

文加は昌大に自首をすすめようとしたが、なかなかいい出すことができなかった。

彼女は、二、三か月に一度ぐらいは会いたかった。しかし警察に監視されていることが考えられるので、電話や手紙の交換は危険だった。そこで考え付いた方法がひとつあった。馬籠からはなれている犬山城の三光稲荷神社の絵馬に、次に会う日時を書いておくことにした。彼は月に一度、神社へ行って絵馬を見るようにと伝えた。

彼女は、一緒に工房をやっている岩倉さやかに、ここを辞めたいと話した。さやかは、『どうしたの、急に』と辞める理由をきいた。文加は、木曽で暮らしたくなったとだけいった。さやかは納得できないようだったが、文加はさやかにいわとデザインを譲って、木曽福島のきのした旅館に就職した。

事件から六年が経過した。旅館へ宿泊する客にも注意していた。文加の動静をうかがいに訪れた人はいなかったようだったが、今年になって三松屋の宇垣と名乗る男が旅館へ電話をよこした。

文加は、銀座の三松屋は知っていたが、買い物をしたことは一度もなかった。

宇垣は、大事な話があるので塩尻まできてもらいたいといって、日時を一方的に指定した。言葉は丁寧だったが横柄《おうへい》な感じがした。指定された場所は奈良井川に沿う洗馬というところで、昔は宿場町だったことを知っていた。

文加は指定された場所へ車でいった。東京銀座の有名デパートの社員が、どうしても会いたい、といったことを考え、六年前の夏の白昼に発生した銀座の通り魔事件に関することを話すのではないか。その話を文加にするのは、昌大の犯行だと気付き、彼の姉である文加を割り出したからではないか。彼は文加に、昌大の居場所を教えろと迫るような気がした。いや、それしか考えられなかった。宇垣は、『革製品をつくる技術を持っている人が、なぜ小さな旅館に勤めているのか。重大な秘密を抱えているからにちがいない。その秘密とは昌大のことだ』と脅迫するだろう。

車を降りるさい文加は、ナイフをバッグにしのばせた。

宇垣は居酒屋風の店の前に立っていた。軽く頭を下げた文加を、店のなかへ誘うつもりだったようだが、『わたしは忙しいので、ご用件を手短に』といった。

宇垣は薄暗がりのなかで口元をゆがめた。暗い場所へ誘おうとするのか、五、六〇メートル歩いた。川岸だった。流れに人家や店の灯りが映って揺れていた。鳴いていた地虫が黙った。

『あなたの弟の戸久地昌大さんは、木曽に住んでいるのでは』

弟の名をフルネームでいったところが憎かった。

『いいえ』

『ではどこに』

『知りません』

『弟が木曽にいるから、あんたは木曽で暮らしているんでしょ。弟は近くに隠れている。あんたはその面倒をみている』

宇垣は文加の腕をつかもうとした。彼女は一歩退いた。

『警察は六年前の銀座の大事件の犯人を特定していない。だが、おれは、あんたの弟だと見抜いた。事件の直後、おれはあんたの弟の戸久地昌大を見たんだ』

彼はまた文加の腕をつかもうとした。

『あなたは、訳の分からないことをいっていますが、目的はなんですか』

『銀座の大事件の犯人の姉は、木曽へ隠れている。弟と連絡を取り合っている可能性があると、マスコミに流したら、あんたはどうなるか。……あんたは若い。これから何十年も生きていく道のりは、険しいよ。……なんなら取引してもいいんだが、どう……』

『なにが取引なの』

文加はいうとナイフをにぎり、宇垣に体あたりするように彼を刺した。彼は目を見開いて唸《うな》った。もう一度刺した。彼は倒れた。ひくひくと動いている彼を川に向かって転がした。枯れ草が揺れ、流れが波をつくった。

使ったナイフは、二キロほど走ったところで木曽川へ投げ込んだ――

茶屋は木曽警察署からも電話を受けた。本郷宣親が被害に遭った事件について、戸久地文加の供述を説明したいのでおいで願いたいといわれた。彼は断わるわけにはいかないので、また列車に乗った。

——宇垣好昭が殺された事件は、テレビニュースでも報じられたが、新聞各紙は四、五日、関係記事を載せていた。

宇垣の事件から一週間ほど経った日の夕方、きのした旅館へ本郷と名乗る男から電話があった。電話が鳴ったので文加が応えると、男が、『戸久地さんをお願いします』といった。

本郷は、塩尻の塩嶺社の社員だといった。彼は文加のフルネームをいって、話があるので会いたいといった。宇垣よりも穏やかな話しかたをした。面会を断わったらなにをするか分からないと思ったので、会うことにした。

本郷は、文加のいる旅館を訪ねてよいかといったが、外で会うことにし、その場所を木曽川の桟《かけはし》の近くにした。赤い橋のすぐ近くだというと、そこなら知っていると本郷はいった。

文加は旅館の物置きにあった野球のバットを車に乗せた。本郷と名乗った男は灯の下にとめた車の外に出て文加の到着を待っていた。

彼の用件は宇垣と同じだろうと思った。三松屋の宇垣と塩嶺社の社員がどう関係があるのか知らないが、宇垣の事件にかかわりのあることをききにきたにちがいなかった。

『あなたは、三松屋の宇垣好昭さんを知っていましたか』

と、本郷はきいた。

『知りません。わたしは三松屋を知っていますけど、お店のなかへ入ったこともありませんし』

文加は川風になびく髪に手をやった。

『十月二十九日に宇垣さんは、あなたに会ったんじゃないかと思います』

『宇垣さんって、どういう方なんですか』

『塩尻の奈良井川で……』

『ああ、テレビニュースでやっていました。その方がどうして、わたしと会ったんじゃないかとおっしゃるんですか』

『あなたには、昌大さんという弟さんがいますね。昌大さんは行方不明ということですが、あなたは消息を知っているんじゃないかと、宇垣さんはにらんでいたんです。弟さんがどこでどうしているかを知っていますか』

『知りません』

『昌大さんは六年前に、銀座で大事件を起こしたあと、現場から逃げ、雲隠れしているそうじゃありませんか』

『いいえ。弟は事件になんか……。なにか勘ちがいをなさっているのではありませんか』

『勘ちがいじゃない。宇垣さんは昌大さんが起こした事件についての話をするためにあなたを塩尻へ呼びつけたんでしょう。ところが殺されてしまった。あんたの弟が殺したんじゃないのか』

文香は三、四歩後ずさりして、車のなかに隠していたバットをつかんだ。近寄ってきた本郷に向かってバットを振った。驚いたらしい彼は叫び声を挙げながら逃げようとした。その背中を文加は、力一杯叩いた――

木曽署で文加の供述内容をきいたあと、茶屋はきのした旅館の前を通った。旅館のガラス戸には「臨時休業」の貼り紙がしてあった。

崖屋《がけや》づくりの喫茶店へ入ると、窓辺の椅子にすわった。木曽川が小さな光を集めて石を転がすように流れていた。見ているうちに、どこでこぼれ落ちたのか、檜《ひのき》の丸太が一本、右の岸にあたり、左の岸を突くように流れ下っていった。

3

本郷の家にあった時計の件は、朝波香織に伝えた。感謝の言葉をいう香織の声は震えていた。

おそらく、三松屋の宇垣が塩嶺社の本郷にわいろのような意図で贈ったのだろう。残る懸案は一つだけだった。

茶屋は独りで歌舞伎町のあずま通りをゆっくり歩いて、小料理屋の酒楽へ入った。

三十歳見当の髪を後ろで結《ゆわ》えた女性が、

「いらっしゃいませ」

といってから、丸い目をして茶屋を見つめた。どうやら、だれだったかを思い出そうとしているらしかった。

六十歳ぐらいに見える女将《おかみ》の蝶子は、カウンターのなかに腰掛けてタバコを吸っていた。茶屋を見るとにこりとして立ち上がった。

「しばらくです」

女将は灰皿の底へタバコをこすりつけた。

客はいなかった。

「師走《しわす》だっていうのに……」

女将は店がひまなことを嘆《なげ》いた。壁に架かっている著名作家の色紙が寒さに震えているようだ。

茶屋は燗酒《かんざけ》を頼んだ。彼の前へは酢ダコの小鉢が置かれた。彼は蝶子に酒をすすめた。

彼女は、ありがとうもいわず、白いぐい呑みを小さな音をさせて置いた。彼は彼女の盃《さかずき》を満たした。

「朝波香織さんは、きましたか」

茶屋は彼女の顔を見ながら盃をかたむけた。

「きません。……きょうの茶屋次郎さん、わたしに喧嘩《けんか》を売りにきたみたい」

蝶子は目を細めた。

「そんなふうに見えるの」

「見えるんです」

彼女は目を見開くと薄笑いを浮かべた。

「この前きたときにはいわなかったけど、似ているね」

「そうかしら」

「もしかしたら、香織さんも気付いたかも」

「気付いたかしら」

「あの手紙は、あなたでしょ」

　蝶子は唇を動かしたが声を出さなかった。

「あなたが三十三、四のときの子だね」

　彼女は、一瞬目を閉じたが、「酒を注いで」というふうに、ぐい呑みを茶屋の前へ押し出した。

　この店は、きょうはこのまま終わりそうにみえた。

「なにか書いて」

　蝶子は色紙を出した。

「ふか酒に眠れぬ夜の深い澱《おり》」

参考文献

「週刊にっぽん川紀行」学習研究社

著者注・この作品はフィクションであり、登場する人物および団体は、すべて実在するものといっさい関係ありません。

（この作品『木曽川　哀しみの殺人連鎖』は、令和元年十一月、小社ノン・ノベルから新書判で刊行されたものです。なお、本文中の地名なども当時のままとしてあります）

一〇〇字書評

切・り・取・り・線

購買動機（新聞、雑誌名を記入するか、あるいは○をつけてください）

□（　　　　　　　　　　　）の広告を見て	
□（　　　　　　　　　　　）の書評を見て	
□ 知人のすすめで	□ タイトルに惹かれて
□ カバーが良かったから	□ 内容が面白そうだから
□ 好きな作家だから	□ 好きな分野の本だから

・最近、最も感銘を受けた作品名をお書き下さい

・あなたのお好きな作家名をお書き下さい

・その他、ご要望がありましたらお書き下さい

住所	〒				
氏名		職業		年齢	
Eメール	※携帯には配信できません	新刊情報等のメール配信を 希望する・しない			

この本の感想を、編集部までお寄せいただけたらありがたく存じます。今後の企画の参考にさせていただきます。Eメールでも結構です。

いただいた「一〇〇字書評」は、新聞・雑誌等に紹介させていただくことがあります。その場合はお礼として特製図書カードを差し上げます。

前ページの原稿用紙に書評をお書きの上、切り取り、左記までお送り下さい。宛先の住所は不要です。

なお、ご記入いただいたお名前、ご住所等は、書評紹介の事前了解、謝礼のお届けのためだけに利用し、そのほかの目的のために利用することはありません。

〒一〇一－八七〇一
祥伝社文庫編集長 清水寿明
電話 〇三（三二六五）二〇八〇

祥伝社ホームページの「ブックレビュー」からも、書き込めます。
www.shodensha.co.jp/bookreview

祥伝社文庫

木曽川《きそがわ》　哀《かな》しみの殺人連鎖《さつじんれんさ》

令和 4 年 7 月 20 日　初版第 1 刷発行

著　者　梓《あずさ》　林太郎《りんたろう》

発行者　辻　浩明

発行所　祥伝社《しょうでんしゃ》

東京都千代田区神田神保町 3-3

〒 101-8701

電話　03（3265）2081（販売部）

電話　03（3265）2080（編集部）

電話　03（3265）3622（業務部）

www.shodensha.co.jp

印刷所　錦明印刷

製本所　積信堂

カバーフォーマットデザイン　芥 陽子

Printed in Japan ©2022, Rintarō Azusa　ISBN978-4-396-34823-6 C0193

祥伝社文庫の好評既刊

梓 林太郎
日光 鬼怒川《きぬがわ》殺人事件
旅行作家・茶屋次郎の事件簿
友人の遭難死は仕組まれていた？ 疑惑の男を追い日光・鬼怒川へと赴《おもむ》いた茶屋の前に、更なる連続殺人‼

梓 林太郎
神田川殺人事件
旅行作家・茶屋次郎の事件簿
元恋人の行方を捜す依頼人。手がかりは神田川にあるとみて茶屋は調査を開始。だがそこには依頼人の他殺体が！

梓 林太郎
金沢 男川女川殺人事件
旅行作家・茶屋次郎の事件簿
ふたつの川で時を隔てて起きた殺人。時効後に現れた犯人とは？ 失踪した老作家の行方は？ 茶屋、金沢で謎に挑む！

梓 林太郎
安芸《あき》広島 水の都の殺人
旅行作家・茶屋次郎の事件簿
私は、母殺しの罪で刑務所に入れられました——。冤罪《えんざい》を訴えたのは被害者の実の娘。茶屋が辿り着いた真相は？

梓 林太郎
博多 那珂川《なかがわ》殺人事件
旅行作家・茶屋次郎の事件簿
病床から忽然と姿を消した元警察官。揉み消された過去が明らかになったとき、那珂川に現役警官の死体が！

梓 林太郎
倉敷 高梁川《たかはしがわ》の殺意
旅行作家・茶屋次郎の事件簿
拉致、轢き逃げ、女児誘拐殺人。全ての謎は岡山倉敷へ通じていた？ 茶屋次郎が真相解明に奔走する！

〈祥伝社文庫　今月の新刊〉

東川篤哉
伊《い》勢《せ》佐《ざ》木《き》町《ちょう》探偵ブルース
しがない探偵とインテリ刑事。やたら現場で鉢合わせる義兄弟コンビが、難事件に挑む!?

乾　緑郎
彼女をそこから出してはいけない
老夫婦の惨殺現場で保護された少女。やがて彼女の周辺の人々に、次々と異変が起き……。

香納諒一
新宿《しんじゅく》花園《はなぞの》裏《うら》交番　坂下《さかした》巡査
盗難事件の容疑者が死体で発見される。元球児坂下は現場で恩師と再会し、捜査は急展開!

梓　林太郎
木曽川　哀しみの殺人連鎖
旅行作家・茶屋次郎の事件簿
老舗デパートの高級時計盗難からはじまる連続殺人。茶屋が追うと別事件の逃亡者の影が?

沢里裕二
悪女のライセンス
警視庁音楽隊・堀川美奈
罪なき人を毒牙にかける特殊詐欺! 黒幕に迫るべく「サックス奏者」美奈が潜入捜査!

小杉健治
約束の月（上）
風烈廻り与力・青柳剣一郎
将軍家が絡むお家騒動に翻弄される若い男女と、彼らを見守る剣一郎。しかし、刺客の手が。

小杉健治
約束の月（下）
風烈廻り与力・青柳剣一郎
女との仕合わせをとれば父を裏切ることに。運命に悩む若者を救うため剣一郎が立ち上がる!